JN051159

庫

5分後に意外な結末

ベスト・セレクション

銀の巻

桃戸ハル 編・著

講談社

目次
Contents

5分後に意外な結末

ベスト・セレクション　銀の巻

桃戸ハル　編・著

講談社

ボクの仕事

　気がつけば、ボクは男の人の手に抱き上げられていた。どう扱っていいのかわからないみたいな手つきでボクを抱き上げたまま、男の人が笑う。

「なんか、けっこうかわいいなコイツ。琴葉《ことは》、どんな顔するかな」

　わくわくしているような顔でそうつぶやいて、男の人はボクを抱いたまま歩き出した。よく冷えこんで澄んだ夜の空気のなか、空からは、ほたほたと大きな雪が降っていた。

「ただいまー」と言いながら、男の人がドアを開ける。中は暖かかった。

「おかえりー」という声が聞こえてきて、ぱたぱたと誰かの足音が近づいてくる。やってきたのは、女の人だ。女の人は、男の人が抱いているボクにすぐに気づいて目を真ん丸にすると、「えー！」と声を上げた。

「ちょっと、やだなに。どうしたの、その子！　かわいいー」

「でしょ?」と、男の人の得意げな声が、ボクの頭の上に落ちてくる。ボクは今、女の人のほうを向いているから、男の人の顔は見えないけど、きっとまた、わくわく顔になっているに違いない。

男の人は、ボクを連れて家の奥へと進んだ。進むにつれて、空気がどんどん暖かくなっていく。ボクは少し、イヤな予感がしていた。ボクは、暑いところが得意じゃないんだ。

でも、ボクはそれを男の人に、うまく伝えることができない。暑い場所はイヤだよ、とボクがいくら訴えても、男の人は無反応だ。そして、抱いていたボクをようやく下ろしたと思ったら、そこは、ばっちり温かい風が当たる場所だった。よりにもよって、こんなに暑いところは困る。

けれど、男の人は、ボクのピンチには知らん顔。のんびりとコートを脱いで、シャツのボタンを一つ外して、「よいしょ」とソファに座った。そんな男の人の前に、女の人が食べるものを運んでくる。それもまた熱々のようで、白い湯気が立ち上っている。

「いただきます」と食べはじめた男の人の隣に、女の人が座る。小さめの赤いソファは、それでいっぱいになる。

男の人がおいしそうに食べるのを、女の人は嬉しそうに見ていたけれど、その間にもチラチラとボクを気にしていた。

「ねぇ。この子の場所、ここで大丈夫なの？　暖房の風が直撃してると思うんだけど……。もっと涼しい場所のほうがいいんじゃない？　なんだか暑そうだよ」

そのとおりです。できれば移動したいです。こんなの、ボクへの虐待だよ！

そうボクも訴えたけど、その声が届くはずもなく、男の人は「大丈夫だよ」と、ちっとも取り合ってくれなかった。むしろ、わざとイジワルをしているようにも感じる。

まったく、人間というのはつくづく無責任な生き物だ。ボクらの気持ちに寄り添える人間なんて、実際ほとんどいないだろう。「かわいい」「楽しい」と騒ぐだけ騒いでおいて、すぐに興味をなくすんだ。ボクらの命なんて、どうでもいいと思っているに違いない。いや、命があることすら知らないのかもしれない。

でも、女の人のほうは、男の人よりもボクに優しかった。

「やっぱり、こんなに暑い部屋だと、かわいそうだよ。せっかく潤《じゅん》くんが連れて帰ってきてくれたんだし……。部屋の中より、いっそ外のほうが――」

「いいんだよ。僕の言うとおりにして。琴葉が喜ぶかなと思って、連れてきたんだから。よく見えるところのほうがいい」

男の人が、女の人の言葉をさえぎるように言う。だけど女の人は、「でも……」とか、「こんなにかわいいのに……」とかつぶやいて、ボクのほうを気にするように何度も見た。

やがて、女の人は何かを思いついたようにソファから立ち上がると、隣の部屋へ消えていった。すぐに戻ってきた女の人は、いくつかの保冷剤を持っていた。それらでボクの体を取り囲むようにする。ありがたい心づかいだ。

「これで少しはマシかな？」

うん。ほんの少しだけど、楽になったよ。ありがとう。

にっこりと微笑む女の人に、ボクはそう答えた。もちろん、伝わっているはずがないけれど、女の人はまるでボクの言葉がわかったみたいに「よし」とささやいて、ボクの頭のてっぺんを指先でこちょこちょした。その様子を、男の人は苦々しそうな表情で見ていた。自分でボクを連れてきたクセに、女の人がボクのことを気にかけるのがおもしろくないのかもしれない。人間というのは、つくづく勝手な生き物だ。

それから、男の人と女の人はふたたびソファに並んで座ると、映画を観はじめた。女の人が置いてくれた保冷剤のおかげで、ボクには少し、気持ちの余裕ができていた。ボクらの気持ちがわかる人間も、ごくたまにいるみたいだ。

でも、男の人は、そんな女の人の優しさを踏みにじる行動を起こした。

女の人が「コーヒー淹《い》れてこよっと」と部屋を出ていった瞬間、男の人はテーブルの上にあったリモコンをパッと手に取ると、それを暖房器具に向けて、ピッピッと操作したのだ。

なんてことだ！　設定温度を上げたに違いない！　さっきからボクのほうをチラチラ見てくるなとは思っていたけど、まさかダメ押しで室温を上げるなんて、あんまりだ。そんなにボクのことをいじめたいのか？　苦しむ姿を見たいのか？　自分の都合で連れてきたクセに、横暴にもほどがある。それとも、まさか最初からボクをいじめるつもりで連れてきたんだろうか？

コーヒーを手に隣の部屋から戻ってきた女の人は、ボクに対する男の人の「悪行」に気づくこともなく、映画の続きを観はじめた。男の人も、何食わぬ顔で女の人の肩に腕を回している。

誰か助けて！　ボクはイジメられています！　このままじゃ、身体を壊してしまいます!!

だけど、そんなボクの心の叫びは人間には届かない。高くなった室温のせいで、せつかく女の人が置いてくれた保冷剤がどんどん溶けていくのがわかる。保冷剤の効果は、もはやゼロだ。冷気のバリアを失ったボクの身体を、暖房器具の熱風が直接襲う。

暑いのは、本当にダメだ。あまりの暑さで、どんどん意識が溶けていく。頭ごと、体ごと溶けていくみたいだ。目に見えるものまで、ぐにゃぐにゃとゆがんできた。

もう、身体が限界だ。このままだと、ボクは——。

そのときボクのそばで、カラン、と、かすかな澄んだ音がした。真っ先に、男の人がボクのほうを見る。それに気づいたのか、隣に座っていた女の人が、「どうしたの?」と男の人の視線の先を追って、ボクと目が合い——その瞬間、息をのんだ。

「なに、これ……」

女の人が、おずおずと指先をボクに伸ばしてくる。やがて、女の人の指先が、ボクの身体の下から、あるものを拾い上げた。

それは、雪の結晶のようにキラキラと輝く石がついた、銀色の指輪だった。

……ちょっと待って。もしかして、その指輪——ボクの身体から出てきた?

ボクの疑問に答えてくれる声はない。指輪を手に呆然としている女の人に、男の人がまた妙に苦そうな微笑みを向けて、こう言った。

「サプライズでこんなことしたんだけど、琴葉、思ってた以上に気に入っちゃうんだもん。保冷剤なんか出してきたときは、『余計なことを！』って思ったよ。『そんなことしたら、時間がかかるだろ！』って」

あぁ、なるほど。そういうことだったんだね。

ボクはようやく、男の人の「悪行」の理由を理解した。

つまり、暖かい室内にボクを連れこんだのも、暖房の風が当たる場所にボクを座らせたのも、女の人がいなくなった隙に暖房の設定温度を上げたのも、雪だるまのボクを早く溶かして、ボクの体の中に閉じこめていた指輪を彼女に発見させるためだったんだ。

テーブルに置かれた器の中でほとんど溶けてしまったボクは、ぐにゃぐにゃとゆがむ視界の中で、それでも、二人の結末を最後まで見届けようと決めた。

言葉を失っている女の人の手から、男の人が指輪をそっと取り上げる。男の人は、それを女の人の指にはめた。指輪の行き先は、左手の、小指の隣の指だ。

「僕と、結婚してくれますか？」

ほとんど溶けてしまった意識の中で、それでも、ボクは見た。

女の人が、「なによぉ、もぉ……」と、震える声で言って、男の人に抱きつく様子を。

その瞳から、雪のように美しく澄んだ涙がこぼれ落ちるのを。

短い命だったけど——男の人には、さんざんイジワルもされたけど——それでも、ボクはなかなか、いい「仕事」をしたんじゃないだろうか。

意識が完全に溶けて消えるまで、ボクは大きくてあたたかな満足感にひたってい た。

そのあたたかさは、雪だるまのボクにとっても、不思議と心地のいいものだった。

（作 橘つばさ）

「空き缶」の研究

私の職業は、ライフハッカー。
簡単に言えば、
「暮らしの知恵」を教える
アドバイザーのような仕事である。
今日のクライアントは、
公園の管理をしている会社の社員。
なんでも、利用者のマナーが悪く
空き缶がゴミ入れに捨てられず、
空き缶が公園中に
散らかっているそうである。
私は、彼に画期的な
アイデアを授けた。
「ゴミ入れを二つ置けばいい」と。

簡単だよ。
ゴミ入れを隣同士に
二つ置けばいいのさ

最初、公園管理会社の社員は、
そのアイデアを鼻で笑った。
「ゴミが散らかっているから、
ゴミ入れを増やせ？
そんな、子どものような
アイデアを聞くために
ここに来たんじゃない」

しかし、彼の予想に反して、
今、公園での空き缶放置は、
激減している。

空に溶ける祈り

　父さんは、衰弱しきっていた。

　すっかり希望を失って、食事もノドを通らない。長年の悲願だった『昆虫記』の原稿も、冒頭の数行で執筆が止まったままだ。僕の父は、ジャン＝アンリ・ファーブル――昆虫学者だ。

「……ジュール。あぁ、ジュール」

　病の床でうなされながら、父さんが僕の名を呼んだ。

「父さん。僕は、ここだよ。しっかりして」

　僕はベッドに近寄って、まっすぐ父さんの瞳を見つめた。けれど父さんの目はうつろで、じっとり涙ぐんだままだ。やがて反対向きに寝返りを打って、カブトムシの幼虫のように背中を丸めて嗚咽をもらしはじめた。五十歳を過ぎた父さんは、年齢以上に老け込んで、生きる気力を失っているようにも見える。

僕は、何の役にも立たない自分自身に腹が立ったし、悔しかった。

バタン！　と、力強くドアを開けて入ってきたのは、アントニア姉さんだった。

「パパ！　いつまで泣いているの？　いい加減、しっかりしなさい!!」

姉さんは、僕と違って気が強い。ベッドに近寄ると、無理やり父さんの布団《ふとん》をはがした。

「パパの気持ちは分かるわ。泣きたいのは、私も一緒。でもね、いつまでもふさぎ込んでいても、仕方ないでしょ!?　パパは、パパのなすべきことをするべきだわ」

そう言うと、机の上に散らかっていた原稿用紙をつかんで、父さんの鼻先に突きつけた。

「『昆虫記』よ！　パパは、この本を書き上げなきゃ。ようやく手に入れた出版のチャンスを、無駄にしてしまうの？」

父さんは、幼い頃から昆虫を愛して止まない人だったという。昆虫の観察や研究に人生をささげたいと願っていたが、その夢は長いこと叶わずにいた。貧しい生活を支えるために、教師として長い間働き、教科書の執筆なども掛け持ちしていたからだ。自分の夢を二の次にして、父さんはいつも、僕たち家族のために働き続けていた。前に父さんは言っていた――少年時代に一家離散で家族を失った自分にとっては、妻や子は絶対に守るべき存在なのだ、と。

「パパは、食べるものがないほど貧しい日でも、誰にも認められなくても、少しずつ昆虫の研究を続けてきたじゃない。なのに、こんなことで投げ出してしまうの!?」

「……こんなこと？　こんなことだと!?」

姉さんに悪意なんてなかったけれど、姉さんのその一言は、父さんの逆鱗《げきりん》に触れてしまった。今まで朦朧《もうろう》としていた父さんが、いきなり飛び起きて、烈火のごとく怒鳴った。

「お前には、私の心が分からないのか！　お前は悲しくないのか!?　何とも思わないのか!!」

「バカなこと言わないで！　私だって本当は泣きたい。だけど、泣いて過ごして何かが解決するの？　パパはそれでいいの!?」

「出て行ってくれ!!」

姉さんの声を断ち切って、父さんが叫んだ。いつも我慢強くて物静かな父さんの、こんな姿を見るのは初めてだ。

「若い頃の父さんはかなり気難しくて、怒ると手がつけられない性格だった」と、前に母さんから聞いたことがあった。そのときは信じられなかったけれど、どうやら母さんの話は、本当だったらしい。

「パパなんて、もう知らない！」

姉さんはこぼれかけた涙をそでてぬぐうと、父さんをキッとにらんでから部屋を飛び出した。

僕は二人の大ゲンカを、震えながら聞いていることしかできなかった。なんて役立たずなんだろう。

よろよろとベッドに倒れこみ、そのまま眠ってしまった父さんを、僕は静かに見つめていた。

「ごめんよ。父さん」

だけど、僕のつぶやきは、父さんの耳には届かないようだ。

父さんの髪をそっとなでてみた。白髪だらけで、髪はかなり少なくなっていた。五十三歳の父さんと十六歳の僕は、祖父と孫かと勘違いされるほど歳が離れていた。父さんはいつも優しくて、僕にいろんな昆虫のことを教えてくれた。僕は昆虫が好きだ。でもそれ以上に、昆虫を見つめる父さんが、大好きなんだ。

父さんの苦しみを、少しでも軽くしてやれたらいいのに。やりきれなくなって、窓の外に視線を投げた。やわらかな春の日差しを浴びて、ジガバチが飛んでいる。

「……う」

ベッドの中から、小さなうめき声がした。

「ああ。起きたんだね。父さん」

天井をぼんやり見つめたまま、父はつぶやいた。

「……ジュール。私は、どうするべきだと思う？」

「『昆虫記』を書き上げてほしいよ。昆虫の命の輝きを、父さん以上に理解している人なんて、いやしないんだから」

父さんは、昆虫学者の中ではかなり特殊な存在だ。ふつうの昆虫学者は、昆虫を採集すればすぐさま命を奪い、標本を作って分類したりしようとする。しかし、父さんの研究は、生きた昆虫をありのままの環境で観察し、その習性を解き明かそうとするものだ。そういうやり方は、学会ではなかなか認めてもらえない。

「昆虫は汚い」というイメージも根強く、一般人に至っては、「昆虫は、悪魔に作られた生き物だ」なんていう迷信を本気で信じている人もいる。

「だから、昆虫のことを多くの人に伝えてほしい。それが父さんの使命なんじゃない？」

僕は手の平を父さんの手に重ねたけれど、父さんは悲痛な顔で押し黙ったまま、その手を握り返してはくれなかった。そのすれ違いが悲しくて、僕は涙をこぼしそうになった。

「僕も姉さんも、同じ気持ちだよ。どんなときも、父さんのことを想っている。父さんの夢は、僕たちの夢なんだ」

僕は、そう言うと、そっと家の外に出た。

庭は春の日差しでいっぱいなのに、昆虫たちはこんなにも力強く生きているのに、家の中だけが、死んだようにひっそりと寂しい。

庭木についていたモンシロチョウのサナギから、美しい成虫が姿を現そうとしていた。僕は膝《ひざ》を抱えてしゃがみ込み、長い長い時間、サナギを静かに見つめていた。

――どれほどの時間がたっただろうか。

よろめきながら、父さんが家から出てきた。羽化しつつあるモンシロチョウのサナギに気づき、僕の隣で腰を下ろした。

「……今の私は、まるで、サナギのまま朽ちてゆく存在だ。こんな私に、昆虫の命の物語など、書けるだろうか」

「書けるよ。父さん以外に、書ける人がいるはずない」

羽化をとげたモンシロチョウを見つめ、父さんは泣いた。

「まぶしいよ。昆虫たちは、こんなにも生きているのに……」

「……パパ」

アントニア姉さんが、いつの間にか僕たちの後ろに立っていた。

「アントニア」

「さっきは言い過ぎてごめんなさい。でも私はパパに、『昆虫記』を書き上げてほしいのよ」

泣きはらした目で、姉さんは訴えた。僕もまったく同じ気持ちだ。

「私も手伝うわ。独りだけで抱えこまないでよ。家族なんだから」

「そうだよ。父さんは、独りじゃない」

父さんは、嚙《か》みしめるように何度も何度もうなずいた。姉さんと僕は、父さんの背をなで続けた。

＊　＊　＊

それから二年の歳月をかけ、一八七九年に父さんは『昆虫記』の第一巻を出版した。昆虫たちの生きざまを描いた『昆虫記』は、これまでの昆虫学研究書とはまるで異なる書物として、人々に衝撃を与えている。

ある晴れた日。父さんは野外観察をしていた。今は新種のジガバチを発見して、その生態をことこまかに記録している最中だ。やがて青空を仰ぐと、独り言のようにつぶやいた。

「……ジュール。見ているかい？」

もちろん見ているよ。僕は、いつだって父さんを見ていたよ。

「『昆虫記』が完成したんだ。アントニアが力を貸してくれた。お前にも、見せてやりたかった……」

最後のほうは涙声になっていて、聞きとりづらい。

「新種のジガバチの名を、決めたんだ。聞いてくれるかい、ジュール。『ユリウス・ジガバチ』という名前だよ」

ユリウス？　それって……。

「ユリウスは、ジュールのラテン語読みだ。このジガバチには、お前の名前をつけようと思う。後の世の人々が、お前の名を永遠に呼び続けてくれるように。お前は永遠に生き続けるんだ。力強い、昆虫たちとともに」

それは、悲しみに打ちのめされても、ふたたび立ち上がり生きようとする父さんの決意だった。

「二年前、病気で死んでしまったお前に、この『昆虫記』を捧げるよ。愛するジュール……私が、この本を書こうと決めたきっかけは、お前に喜んでもらいたいからだったんだ。お前は子どもの頃から病弱だったが、とても優しく、昆虫を心から愛していたね。地に頬《ほお》をつけて懸命に虫を見つめるお前を見ていると、私自身の子ども時代が甦《よみがえ》ってくるようだった。お前は私の研究に、たくさんの気づきを与えてくれたんだよ。そしていつか……は私の『昆虫記』を、お前に書き継いでもらおうと……思っていたんだ」

父さんの胸のうちを、僕は今、初めて聞いた。

「お前が死んだとき、私はつらくて、死んでおまえを追いかけたいとさえ思った。しかし、私は、お前の分まで、生きなければならない。まだまだ、書くべきことがある。昆虫たちの命の歌を、私が生きている限り、お前の分まで書き続ける」

僕はとっても幸せな息子だ。

ありがとう。父さん。本当にありがとう。

——もう、大丈夫だね。

父さんの力強い笑顔を見届けて、僕は空へと溶けていった。

（作　越智屋ノマ）

運命の選択

とある国で起こった内乱が鎮圧され、
革命を支持する多数の国民が、
収容所に入れられた。
ある日、収容されていた人々が、
収容所の庭に、一列に並ばされた。
先頭には、一人の兵士が立ち、
一列に並んだ人々を、事務的に右と左に分ける。
兵士の目の前に、顔に大きな傷がある、
柔和な表情の男が立った。
兵士は一瞬だけ考え込んだが、すぐに作業を続け
顔に傷のある男は、右側に振り分けられた。
兵士の選択が、彼の運命を変えた。
彼は、その数年後に処刑されたのだ。

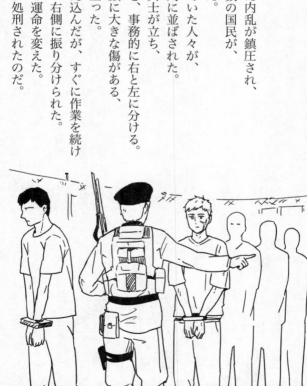

収容所で行われた「振り分け」は、処刑される人の選別だった。
ただ、兵士の直感だけで、処刑される人が決められたのだ。
――それから数年後、一度は鎮圧された革命軍が、
クーデタを成功させて、政府を転覆させた。
その革命軍のカリスマ的指導者となったのは、
顔に大きな傷のある男だった。
収容所で地獄を見た、革命軍の指導者は、
収容所での虐殺を許さなかった。
政府軍の高官から、虐殺行為に加担した
一兵卒までをも裁判にかけ、死刑にした。
死刑にされた者の中には、
選別を行った兵士もいた。
兵士は、顔に大きな傷のある男を覚えていた。
――あぁ、あの男が革命を成功させたのか。
俺が、あの男を、処刑側に振り分けていれば……
兵士の選択は、彼――兵士自身の運命を変えたのだ。

花を贈る人

花を買いにくる人は、みんな優しい顔をしている。

誕生日を迎える恋人に。連れ添って三十年になる妻に。明日で勇退する恩師に。年に一度の母の日に。一世一代のプロポーズに。

誰かを想う人たちが、フラワーショップには集まる。目の前にいるお客さまが、誰に、どんな気持ちを伝えようとしているのか、お話を聞きながら一緒になって花を選ぶのは、私にとって、とても幸せな時間だ。

「こんにちは」

なじみのある声が聞こえて、私は、バラの入った黄色いバケツを置いてから振り返った。

そこに立っていた男性のお客さまが、品のただよう会釈をする。「こんにちは」と返すこちらも、自然と笑顔になるような、そんな雰囲気を彼はまとっていた。

七十代の半ばくらいに見受けられるその男性は、二ヵ月ほど前から頻繁にこの店に通ってくれている。一週間に最低でも三回。多いときは三日連続で花を買ってくれたこともあった。細身にシャツとベストとハットを合わせた服装も、整えられた銀髪も、少し深めに刻まれた笑いジワも、まさに「紳士」といった雰囲気が特徴的だったから、彼のことはすぐに覚えた。

紳士のほうも、私の顔を覚えてくれたみたいで、店に私がいるときは一番に声をかけてくれる。それが、店員として信頼されている証のようで、面映《おもは》ゆい反面、得意な気持ちにもさせてくれるのだった。

「いらっしゃいませ」

「今日も、いつものような感じで、お願いしたいんです」

ゆっくりと、一言一言を区切るように紳士は話す。聞いているこちらの耳がかすかに震えそうになる、心地のよいこの声を、もしかしたらバリトンボイスというのかもしれない。

「でしたら、ライラッククラシックという少し珍しいバラは、いかがですか？　ラベンダーのような色合いが、大人っぽくて洗練された印象ですよ」

「ほう、とても素敵ですね。では、それを五本ほど入れて、また花束にしていただけますか」

　かしこまりました、と答えた私に、紳士がニコリと笑みを向ける。まだつぼみのままでいる花たちが思わずほころびそうな、あたたかい笑顔だった。

　紳士の注文はいつもシンプルで、その時々のオススメの花を、私が適当に選んで小さな花束にして差し上げている。贈る相手は奥さまだとうかがった。

　そう。あれは、彼が初めてこの店にやってきた、二ヵ月前のことだ。

「いらっしゃいませ。どういったものを、お求めでしょう」

「ああ、えっと……花のことは、よくわからなくて……」

「差し支えなければ、どなたにお贈りするものなのか、うかがってもよろしいでしょうか？」

「それは……妻に、ですかね」

「奥さまにお花の贈り物なんて素敵ですね。うらやましい」

　私が思わず本音を口にすると、それまで少しかたかった紳士の表情がほぐれた。

「そうですか？　女性はやはり、花をもらうと、嬉しいものなんでしょうか」

「もちろん！　お花をもらって嬉しくない女性はいませんよ。それが旦那さまから贈られたものだったら、なおさらです」

紳士が一瞬、驚いたように瞬きをして、けれどもすぐにタンポポのようなやわらかな笑みをこぼして、そうですか、とささやいた。その笑顔を見て、素敵な花を選んであげたい、と、私は思った。

「奥さまでしたら、あまり派手になりすぎないほうがいいですね」

「そうですね。花束にしていただきたいんですが、お願いできますか？　そんなに、大きなものではなくて、いいんです」

「かしこまりました。小さめのブーケも人気がございますので、そちらで、お作りしますね。奥さまのお好きな色など、ございますか？」

「色は、どうかな……。あぁ、でも、わりと新しもの好きだった気はします」

「でしたら、少し変わったお花でも喜んでいただけるかもしれませんね」

そのとき、私が見つくろったのは、ちょうどその日の朝に届いたばかりのスプリングサプライズという名前のチューリップだった。赤い花弁に白いふちどりがあるようなチューリップで、若々しい紳士の奥さんには合うのでは、と思った。

スプリングサプライズ――「春の驚き」という意味の名前もぴったりだ。

五本ほどまとめて差し上げると、紳士は「ありがとう」と、ほっとしたふうに笑って言った。花を買い慣れていないのか、ずいぶん久しぶりに買ったのか、という印象だった。

「また花のことを、いろいろ教えていただいても、いいですか？」

帰り際にそう言った紳士の言葉は、その四日後に現実のものとなった。

それからというもの、紳士の、顔も名前も知らない奥さんに花を選んで差し上げるのが、私の日常になった。日常になるくらい、紳士が頻繁に花を買いにきてくださるのには、わけがある。

「お見舞いのたびにお花を買っていかれるなんて、本当に素敵」

ライラッククラシック。ほんのりとした紫色のバラで作った小ぶりの花束を手渡すと、紳士は受け取りながら、謙遜するように目尻のシワを深くした。

「入院されている奥さまも、旦那さまの選んでくれた花が枕元にあるだけで、きっと嬉しいと思います」

「そんな、たいしたことでは……。僕にはもう、これくらいしかできないので。それに、花を選んでくれているのは、あなたじゃないですか。いつも感謝しています。ありがとう」

ああ、こんな紳士に抱えられているバラは、今きっと、花としてとても幸せだ。本気で私はそう思う。

このフラワーショップは、病院の角を曲がったところにある。なので、ここでお見舞いの花を買っていかれるお客さまも多い。この素敵な紳士も、花を買ったあとはいつも病院のほうに向かって歩いていく。入院している奥さんを見舞うたびに花を贈るなんて……私も早く、そんな男性と出会いたい。

私がそう言うと、照れたように、どこか少し困ったように、紳士が笑う。その左手の薬指には銀色の指輪が慎ましく光っていて、その主張しすぎないところも、二人の長年の愛の形のような気がして、うらやましい。

「大丈夫。あなたのような心がきれいな女性なら、すぐに、素敵なお相手が見つかりますよ」

予想外の言葉に、え、と素の声がこぼれた。

「『心がきれい』だなんて、そんな……」

「いえいえ。看護師さんも言ってました。『こんなにきれいな花束を作れるんだから、心がきれいなお花屋さんに違いないですね』って」

「看護師さんが……」

「ええ。担当してくれている看護師さん……ミクリヤさんという女性の方なんですけどね。いつも、うきうきした様子で、病室にいらっしゃいますよ。あなたの作ってく

だ さった花束を見るのが楽しみだと言って。それを聞いて、僕も嬉しくて。僕が花を選んだわけでもないのに、『そうでしょう？』なんて、僕が得意になっちゃって」

すみません、と小さく謝られて、私はあわてて胸の前で両手を横に振った。謝られることなんて、何もない。

「いえ！　むしろ、ありがとうございます。そんなふうに言っていただけて、花屋冥利に尽きます」

「花屋冥利」と言ったのがおかしかったのか、紳士はしばらく、くっくっと笑っていた。軽く何度か咳をして笑いをおさめ、ハットを一度持ち上げて礼をする。

「また、おうかがいします」

「はい。お待ちしております」

店先まで出て紳士を見送り、背中に向かって頭を下げる。

紳士は今日もゆったりとした足取りで、病院のほうに歩いていった。

それからも、紳士はたびたび店にやってきた。そのたびに私は紳士のために、紳士が想う奥さまのために、一本一本、花を選んだ。

色とりどりのガーベラ、やわらかい輪郭のトルコキキョウ、軽やかで長持ちするスターチス、繊細な印象が愛らしいナデシコ、純白が美しいカラー、ふっくらとしたバラを思わせるラナンキュラス、母の日だけのものではないカーネーション……。

今日はどの花を選ぼう。どんな花束に仕上げよう。合わせるリボンは何色にしよう。そんなふうにあれこれ考えて見つくろい、紳士に手渡して「ありがとう」と言ってもらうまでが、いつも本当に楽しみだった。次にいらっしゃるのはいつだろうと、気づけば、あのゆったりとした足音を心待ちにするようになっていた。

けれど、あるときから、紳士はぱったりとお店にこなくなった。

実は少し、おや、と思ってはいた。週に三回だった来店が、週に二回になり、一回になり、ずいぶんお見かけしていないなと感じて確かめたら、もう十日もいらしていないことに気づいた。

十日前にお見かけしたとき、そういえば、紳士はずいぶん深刻そうな表情をしていたように思う。奥さんの体調がすぐれないのだろうかと思ったけれど、それを尋ねるのは踏みこみすぎだと思ってやめた。

少し早いヒマワリの花束を作って渡した、あのときから、もう十日も紳士を見ていないなんて。こんなに長い期間お見えにならないなんて、紳士が来店するようになって初めてのことだ。

やっぱり、奥さんの身に何かあったのだろうか。そんなことを思っていると、店長に呼ばれた。店長の隣には、一人の女性が立っている。

「こちらのお客さまに、アレンジメントを。日にち指定での配達をご希望です」

「かしこまりました」

そのお客さまは、四十代前半の、目のぱっちりとした柔和な雰囲気の女性だった。

「いいお母さん」という印象に、ほのぼのしたものを感じつつ、改めてご要望をうかがう。

「どのように、お作りしましょうか？」

「実は主人の母親の、古希のお祝いなの」

「それは、おめでとうございます！　でしたら、紫か紺色をベースにお作りしますね」

お客さまの希望や予算をもとに、いくつかアレンジを提案し、「ではこれで」となったところで配達先の記入用紙を渡す。

そのお客さまは、名前の欄に「御厨」と書き、「ミクリヤ」とカナをふった。

ぴん、と、頭の中に張った記憶の糸が弾かれたように小さな音を立てる。

「ミクリヤさま……」

無意識のつぶやきが、女性客には聞こえたらしい。一瞬、顔を上げて、ふとこぼれるように彼女は笑った。

「そう。珍しい名前でしょ？　私、結婚前は『土井《どい》』だったから、もう画数が多くて大変よ」

面倒くさそうに言う女性の顔には、言葉とは逆に、うきうきとした笑みが浮かんでいる。

——いつも、うきうきした様子で、病室にいらっしゃいますよ。

その言葉を思い出した瞬間、考えるより先に口に出していた。

「もしかして、お勤め先は、そちらの病院ですか？」

手を止めて、女性が顔を上げる。私を見つめる時間は、先ほどよりも長かった。その不自然な間合いに、礼を失したことを悟る。

「し、失礼しました……！」

あわてて頭を下げた私に、女性は「かまいませんよ」とにこやかに答えた。

「そうなの。そこの病院で看護師をしてるのよ、私。でも、どうしてご存じなの？病院にいらしたことがあるの？」

不思議そうに女性が首をかしげる。ここまできたら話さないと、それこそ失礼にあたる気がした。

「よく、お花を買いにきてくださるお客さまがいるんです。七十歳くらいの、とても品のある男性のお客さまで……」

そこまで言って、紳士の苗字さえ知らないことに気づいた。聞いておけばよかったと思うのは、今さらすぎる。

「そのお客さまが、担当の看護師さんが『ミクリヤさん』っていうんだ、とおっしゃっていたんです。いつも、シャツにベストを着て帽子をかぶった紳士的な方で、奥さまのためにお花を買ってらして……」

そこで、女性――御厨さんが、ハッと息をのんだ。見開かれた目が震えて、その震えをこらえるように、ゆっくりと目を細めてゆく。

「それじゃあ……あなたが、いつもマキさんに花束を作ってくださっていた方なの？」

「マキ」というのが紳士の奥さんの名前なのか、それとも、おふたりの苗字なのか、御厨さんの言葉からはわからなかった。けれども、それは、どうでもいいことだ。

私が無言でうなずくと、そう……というつぶやきと一緒に、御厨さんは小さくため息をついた。確認のために、私は御厨さんの、伏せがちになった顔を見つめる。

「入院されてる奥さまのために、連日のように病院に通われてましたよね。本当に仲のいいご夫婦だなって、うらやましく思ってたんですけど、でも、このところお見かけしなくて、少し心配で……」

それ以上のことを口にしてもいいのか迷って、尻すぼみに声の小さくなった私に、御厨さんはもう一度、そう……と、息だけでつぶやいた。

それから顔を上げて私を見つめてきたふたつの目には、何かを悼《いた》むような色が広がっていた。

「じつは、マキさん……二週間くらい前に亡くなったんですよ」

「えっ……」

そんな……という言葉は、うまく続かない。

「奥さん、亡くなられたんですか……」

やっぱり……だから、あの紳士は店にもこなくなったのだ。もう、病院に見舞う相手がいないから。花を渡すための相手が、そこから、いなくなってしまったから。

実をいえば、その答えを予想していなかったわけではない。病院という場所はそういうところで、長期的な入院にはその可能性がつきまとう。

ただ、ほとんど毎日のように花を贈るほど、あの紳士は奥さんのことを大切に思っていた。そんな人を亡くした紳士の気持ちを思うと、胸がキリキリと痛む。

だから、「いいえ、違うのよ」と、御厨さんが口にした言葉の意味を、私はとっさに理解できなかった。

「亡くなったのは、ご主人のほうなんですよ」

「え？　どういうことですか？」

呆然としすぎて、そう尋ねた自分の声が他人のもののように私の耳に届く。御厨さんの声も、遠くから聞こえてくるうわさ話のようだった。

「うちに入院されていたのは、奥さんではなく、あなたが言う紳士ご自身だったの。末期のガンで、もう、余命が数ヵ月の状態だったわ。気の毒に、ご家族のない方だったの……。お子さんもいないとおっしゃって、奥さまも……五年ほど前に他界されたそうよ」

「そんな……」

そんな、そんなはずはない。だって、そうだとしたら、つじつまが合わない。

「でもあの方は、奥さまのためにお花を買ってらっしゃったんです。奥さまに差し上げるために花束を作ってほしいって、私に。それに、いつもきちっとした格好をなさって……」

「それは、とても美意識の高い方でしたから。病人に見られたくないとおっしゃって、外出なさるときは、いつもシャツにベストを着て、帽子をかぶっていかれました。もっとも、ずいぶんご無理をなさっていたと思いますけど……」

そう言われて、紳士がだんだんと帽子を目深にかぶるようになっていたことを、唐突に思い出した。

ガンの治療で髪が抜けていたのだろうか。もしかしたら、帽子でそれを隠していたのかもしれない。あるいは、隠そうとしていたのは闘病で憔悴《しょうすい》した表情のほうだったのだろうか。

「そんな、おつらい思いをして……奥さまがいらっしゃらないのに、どうして花なんか……」

「以前、あの方と、こんな話をしたことがあったの」

私とは正反対に、落ち着いた声で御厨さんは言う。私が動揺していることを察して、あえて、そうしてくれているのかもしれなかった。

「『あの世に何かひとつだけ持っていけるとしたら、何を持っていくか』って、聞かれたことがあって。私は、家族との思い出が詰まったアルバムかな、って答えたんですけど、そうしたらあの方は、こうおっしゃったんです」

――僕は、きれいな花束を持っていくよ。だって、久しぶりに妻に会うんだからね。

目の奥が熱くなった。ごまかすように口をおおった私を見て、御厨さんがくしゃりと眉の形を崩す。頼りない微笑みに、御厨さんも、こらえているのだとわかった。

「それを聞いて、私、もう何も言えませんでした。あの方は、ご自分の言葉を守ったんですよ」

「え……」

「あの方が亡くなられたとき、枕元には素敵な花束がありました。あの方、いつ自分が死んでもおかしくないとわかっていたから、毎日のように花を買っていたんだと思います。――あなたが、あの方の願いを叶えてくださったんですね」

それが限界だった。目の奥に生まれていた熱が、今度こそ視界をゆがめながら、粒になって私の頰を滑り落ちていく。目の前で同じように泣いていた御厨さんが、そっと口を開いた。

「患者さんの最期に寄り添うのは、家族や、私たち病院で仕事をしている者だけではないんですね。ありがとうございました」

返す言葉は見つからず、私はただただ、首を横に振った。

いつでも奥さんに会いにいけるように、いつ会うことになったとしても束ねられたばかりの一番きれいな花を渡せるように、そのために、紳士は連日、花を求めたのだ。

彼は奥さんに会えただろうか。幸せな再会を果たしただろうか。その幸福に、私の選んだ花たちは優しく寄り添えているのだろうか。

いつも、紳士が店を去るときに向けてくれた顔が浮かぶ。

——ありがとう、と。

そんな声が、聞こえた気がした。

（作 橘つばさ）

コップいっぱいの望み

砂漠で遭難し、瀕死の男の前に魔神が現れた。
先ほど拾ったランプをこすった拍子に、
ランプの中から出てきたらしい。
「ご主人様、わたしをランプから
だしてくれたお礼に、
このコップいっぱいに、
あなたが望むものを満たして
進ぜましょう。金貨、宝石、
なんでもお命じください」
今の男に必要なのは、
ノドの渇きを潤《うるお》すことである。
男は、ひからびたノドを絞って命じた。
「み、水をくれ！　コップいっぱいに!!」

み、水をくれ！
コップいっぱいに!!
金貨も宝石も
必要ない！

魔神は、男にコップを渡し、
そのコップに魔法をかけた。
すると、そのコップから、
不気味にうごめき、
絡みあう何かがあふれでた。
「お望み通り、コップいっぱいの
『ミミズ』をだして進ぜました」
そして、呆然とする男が
気づいたときには、
魔神の姿は消えていた。

俺はヒーロー

俺は、「ヒーロー」だ。地味で冴《さ》えない四十二歳のサラリーマンだが、事実として俺は、ヒーローに変身する能力を持たされている。しかし、俺は人生に疲れていた。戦いばかりの、この日々に。今こうして、戦いながらも、俺は迷いを捨て切れていない。

二〇××年、高層ビルが立ち並ぶ東京都内。地上では、全長六十メートルを超える巨大生命体が二体、互いをにらみつけて対峙している。片方は俺で、もう片方は宇宙から来た侵略生物だ。

高層ビルより大きくなった自分の体を見下ろして、正直なところ、俺は「……気持ち悪い」と思った。

——どうして俺が、こんな仕事をやらされなきゃならないんだ。本当は俺だって、他の奴らと同じように安全な地下シェルターに隠れていたい……。

大都会だというのに、街は、しぃーん、と静まり返って、誰もいやしない。すべての車は乗り捨てられて、電車も緊急停止のまま、もぬけの殻《から》となっている。一般人はすべて、地下シェルターに避難して、今頃は地上カメラの映像を、固唾《かたず》を吞んで見守っていることだろう。地上にいるのは二体だけ——巨大な二足歩行のトカゲと、白銀色の巨人だけだ。

威嚇的《いかくてき》な身振りをしながら、トカゲが「ぐぉおぉ」とうなりを上げた。短い足を踏み鳴らすたび、地響きが上がり、高層ビル群はオモチャのようにぐらぐら揺れる。トカゲの鱗《うろこ》は汚泥《おでい》のようにぬめっており、粘液質の体液がぬらぬら染み出て、見る者を震え上がらせるに十分な醜さだった。

一方の巨人は、トカゲの威嚇に動じることもなく、精悍《せいかん》なたたずまいで直立している。金属光沢のような白銀の体は、中世ヨーロッパ騎士の甲冑《かっちゅう》にも似て、神々しい。

そんなヒーローと侵略生物との、命がけの戦いが今まさに始まろうとしている。腰を落として身構えつつも、俺の心はどこか上の空であった。好きでヒーローをやっているわけではない。たまたま「遺伝子適合率」とやらが高かったせいで、国民の義務としてヒーローに選ばれ、戦わされているだけなのだ。

日本がこんなふうになってしまったのは、五年前のことだった。宇宙から飛来した隕石から未知の生物が出現し、首都圏に壊滅的な打撃を与えたのである。その時は、自衛隊が総力を結集して辛《から》くも勝利したのだが、以後、二ヵ月に一度くらいの頻度で日本のどこかに似たような巨大侵略生物が襲い来るようになってしまった。

なぜ日本だけこんな目に遭うのか、いまだ不明である。世界各国は、技術的・金銭的な支援はするが一定の距離をとっており、要するに巻き込まれないよう遠くから日本のやり方を観察している。

侵略生物への対抗手段として日本政府がとったのは、遺伝子改造手術で「ヒーロー」を作って戦わせるという対応だった。スーパーコンピュータが国民の中から選出した「遺伝子適合者」に、ヒーローに変身する能力を付与するのだ。総理大臣の手元にあるという「変身スイッチ」が押されると、俺の肉体は遺伝子レベルで爆発的な変化を起こし、高層ビルを見下ろすほどの巨大ヒーローに変身する。

俺と敵がぶつかり合う。その衝撃で、半径数十メートルの建物が倒壊した。ずしんと地響き。踏み鳴らす足と足。

──なんで、俺なんだろう。

組み合う掌に敵の体熱を感じながら、やはり俺は、戦いに身が入らない。日本国内で、遺伝子適合し、ヒーローになった人間はたった五人しかいない。一億を超える日本人の中で、どうして俺なんだ。

じゅ、と鉄板で肉を焼くような音が響いた。トカゲの口から噴出された消化液が、巨人の腕を焼いたのだ。巨人がトカゲを振り払い、数百メートル飛び退いて、着地とともに反撃。天に掲げた両手から、レーザー光線が照射される。

トカゲは光線をよけたが、首元をわずかにかすめて緑色の血が噴き出した。腐った肉の不快な臭いが周囲に立ち込める。トカゲは「ぐぉ」と短くうめき、しかし即座に体勢を立て直した。

一挙一動。敵と自分が動くたび、俺は生きた心地がしない。戦いはいつも死と隣り合わせで、勝つ保証など、どこにもない。どれほど訓練を受けても、何度実戦をこなしても、決して慣れるものではない。そもそも俺は軍人ではなく、ふだんは一般企業のありふれたサラリーマンなのだ。

ヒーローの正体は国家機密であり、職場や家族にも告知禁止となっている。それゆえ、ヒーローになった者が取りうる選択肢は二つしかない――。
①死んだことにしてこれまでの生活を捨て、政府の保護下で暮らす。
②徹底的に秘密を隠し通して、ふだんは一般人のふりをして日常生活を維持し続ける。

――だ。どちらを選ぶかは本人の自由で、後者を選んだ場合でも、政府が裏でサポートして、秘密を隠し通せるように手配してくれる。

俺以外のヒーローは皆、最終的には①を選んだ。秘密の保持があまりにも難しいからだ。俺だけが、ただ一人、サラリーマンとヒーローを兼業している――。たった一人の家族との暮らしを維持していくために。

俺の家族は、十歳の息子だけだ。妻は数年前に他界しており、他に家族はいない。俺がヒーロー活動に専念するために偽装死亡してしまえば、息子はひとりぼっちになってしまう。政府は、俺の「死後」は、息子に全面的なサポートをすると提案してくれたが、そういう問題ではない。こんな自分であっても、親として息子を育てる義務がある。その思いだけが、俺の厳しい毎日を維持させていた。

……だというのに、反抗期に差しかかった息子は、最近では明らかに父親をなめている。「会社サボりのダメ親父」と罵《ののし》ってきたこともある……。侵略生物との戦闘後、数週間家で静養していた姿が、家でダラダラしているように見えたためだろう。

息子の冷めきった顔を思い浮かべると、俺は悔しくて泣きたくなる。

――ああ、ダメだ。今日は本当に、心が乱れる。

雑念を振り払おうと、俺は敵に突撃した。

敵は遠距離攻撃を得意としており、背後に飛び退こうとしていた。

——させるものか。

俺は加速してにじり寄り、硬い拳で殴りかかる。ごす、と鈍い音と痛み。敵を殴れば、自分も痛い。当たり前だ。傷つけることは傷つくことだ。敵もそれを分かっていながら、なぜわざわざ遠い宇宙から攻撃しに来ているのだろうか。敵は、何を思っているのだろう、どんな事情があるのだろう——。ああ、ダメだ。そんなことを考えていては、勝てない。

「敵の気持ちを考えてしまったら、ヒーローとしては末期症状だ」

そんなことを、先輩ヒーローが以前に言っていた。その先輩は、半年前に敗れて散った。ヒーローが戦死した場合、その空席を埋めるべく、現時点で遺伝子適合率の最も高い国民が、新しいヒーローにさせられる。

——どうせ俺たちは、使い捨てのヒーローなんだ。

今ここで俺が戦死した場合、息子は一生遊んで暮らせるほどの遺族給付金をもらうことだろう。——表向きは、父親が逃げ遅れて巨大生物に踏みつぶされたための「死亡保険からの保険金」とでもなるのだろうか。

馬鹿らしい。本当に、馬鹿らしい。俺だけに戦わせて安全な場所で見守っている世間の連中も。俺に守られているとも知らず、「役立たずの欠勤社員」扱いしてくる会社の奴らも。分かってくれない息子も。みんな。

気づけば、自分も敵もかなりの傷を負っていた。

トカゲの体から湯気を上げて、緑色の血が流れている。一方の巨人も、全身から光の粒がこぼれ出し、輪郭がおぼろになっていた。

──今すぐ、ここで、負けてしまおうか。

そんな思いがふとよぎり、ぞっとした。今すぐここで、足を止めれば。敵の攻撃を全身で受けてしまえば。果てのない苦痛が、簡単に終わるじゃないか。

そんな思いは、振り払いたかった。だけれど、ダメだった。思いは勝手に願いに変わり、胸の奥深くに、じわじわと食い込んでいく。

俺の足が動きを止め、棒立ちになった。

敵の動きが　スローモーションで　迫って　く　る　──。

「負けるな！　ヒーロー!!」

まるで雷のようだった。

聞こえるはずのない声に耳を撃たれ、俺はとっさに身をかがめた。敵の放った攻撃が、一瞬前まで俺の頭のあった場所を通過し、背後のビルを倒壊させる。

俺は目を疑った。

十数人の子どもたちが、シェルターの出入り口から割れ砕けた地面に出て、「がんばれ」「負けるな」と叫んでいる。その中には、俺の息子もいる！　自分の息子が、ノドが張り裂けんばかりの大声で、「がんばれ、がんばれ」と叫び続けている。

シェルターから飛び出てきた警官が、「きみたち！　地下に戻りなさい！」と怒声を上げたが、子どもたちは聞かない。

「いやだ！　ヒーローが戦ってるのに、俺たちだけ隠れてるなんて、ヒキョーじゃないか!!」

「そういう問題じゃないだろ!!　避難していてくれなければ、ヒーローが戦えないだろ!!」

警官に、力ずくで押し戻されていく子どもたちを俺は見やった。

息子が応援してくれた。その事実が、俺に火をつけた。

家では濁った目をしているくせに。今の息子の瞳は澄みきっていて、ヒーローの勝ちを、これっぽっちも疑ってはいない。

――俺は、息子に応えたい。

勝つ。生きる。それだけが願いだ。誰にも褒《ほ》めてもらえなくても、分かってもらえなくても構わない。俺は俺の戦いをするだけだ。生きることを手放すくらいなら、俺は今この瞬間を生き抜いてやる!!

俺と敵は同時に、必殺の一撃を放った。濁流のような消化液と、白銀色の光線が両者の間で激突する。拮抗しながら両者の技は、臭気とまばゆい火花を上げて、やがて大きく爆発した。

その爆発は、様々なものを吹き飛ばした。

煙が街全体を包む。

どれほどの時間が経過しただろう。

爆煙は徐々に失せてゆき、立ち尽くす巨大生物のシルエットが一つだけ見えていた。それは――トカゲの、形をしていた。

巨人は地に伏したまま動かない。やがて巨人の体は光の粒と化して、消滅した。

長い長い静寂。

地下から滑り出してきた子どもたちは、その光景を見つめて言葉を失っていた。そして――。

「やったぁ!!」

はじけるような歓声を上げた。

シェルターから吐き出されたように、人々があふれ出してくる。

「ヒーロー!」

「ありがとう、ヒーロー!」

みな、口をそろえ、巨大なトカゲを称えていた。俺の息子も、その一人だ。涙をにじませ、大喜びでヒーローに手を振っている。

俺は息子に応えようと、粘液質の鱗で覆われた両腕を大きく振り上げた。

「ぐおおぉぉぉぉぉぉぉぉぉぉっー!!」

命を明日につないだ俺は、勝利の雄叫びをあげた。

もう、ヒーローになることに迷うことはない。でも——。

なぜ変身後のヒーローの姿が、こんな気味の悪いトカゲの姿なのだろう。それだけは、いまだに納得できなかった。

(作 越智屋ノマ)

夫婦ゲンカ

ささいなことで、
夫婦ゲンカになった。
今までは我慢してきたが、
もう妻を許すことはできない。
私の怒りが本物だと知ると、
妻は、私の目の前で手をついた。

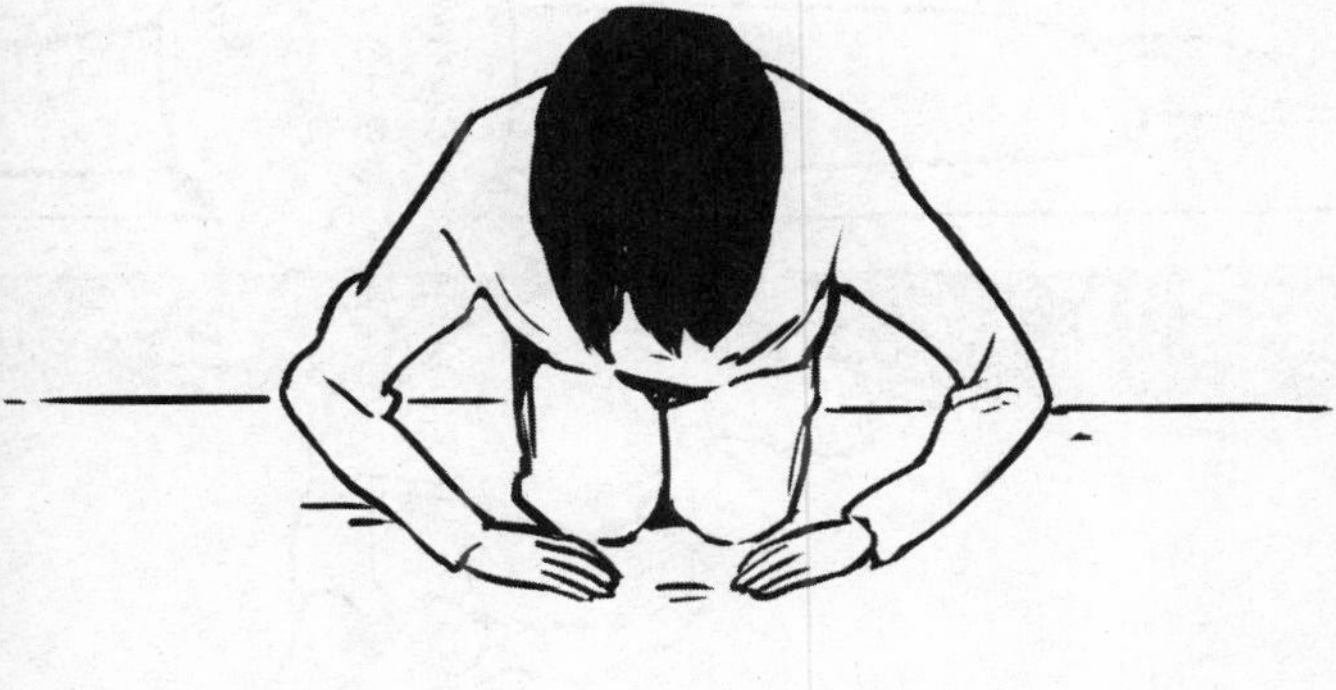

しかし、私は、
絶対に妻を許さない。
そして、ここから出ることもない。
ここにいれば、
妻に殴られることもないからだ。

こそこそ
隠れていないで、
ベッドの下から
出てきなさい！

忍者の使命

暗い森の中、木の陰で一人の忍者が息を殺していた。

全神経を尖らせて気配を探る。

近い。もうすぐそばまで迫られている。追手の数は多い。隙間をかいくぐって脱出するのはもはや不可能だろう。

——なんとかせねばならない。このまま奇襲攻撃をしかけられれば、我が国は総崩れになる。

日本がまだひとつにまとまらず、いくつもの国々が群雄割拠し各地で合戦を繰り返していた時代、彼が仕える国もまさに戦の最中にあった。

戦いを有利に進めるため、彼は敵国の城に忍び込み、情報を探っていた。そして、ある重大な計画を突き止めた。

それは、敵国の、自国に対する大規模な奇襲計画だった。このままそれが実行されれば、彼の国は多大な犠牲を強いられ、なすすべもなく打ち滅ぼされてしまうだろう。

一刻も早くこのことを報《しら》せなければならない。しかし、その焦りが隙を作った。気づかれずに逃げ出す前に、彼は敵兵に見つかってしまったのだ。

厳しい追手と争い傷つきながら、彼はこの森の中に逃げ込んだ。彼を追う敵の兵ちは、じわじわと近づいてきている。敵国にも優秀な忍者が仕えていることを、彼は知っていた。彼らも、兵とともに自分を追ってきているに違いない。もし次に相対したなら、手負いの彼に勝ち目はない。

その時、ふと彼は小さな沼がそばにあるのに気づいた。

深さは十分にあるようだった。底まで潜《もぐ》れば、槍《やり》も届かないだろう。

――この沼の中に隠れれば、敵をやり過ごせるかもしれない。

だが、追手もここまで来れば沼に気づくはずだ。少し確認してあきらめてくればいいが、もし沼のそばにとどまって見張られたら……。いくら鍛錬を積んだ忍者とはいえ、いつまでも呼吸を止めて潜っていられるわけではない。

彼は、もはや目と鼻の先まで追手が来ているのを感じた。迷っている暇はない。

――何としてでも、我が国を守るのだ。

彼は覚悟を決めた。

やがて追手の忍者がひとり、木々の隙間を縫ってやってきた。

ついさっきまで、この辺りに人の気配があったのは確かだ。追いかけている獲物がどこかに身を潜《ひそ》めていないか、じっと目を凝《こ》らす。

追手の忍者は、すぐ沼に気づいて、その水面《みなも》を見つめた。隠れるには都合のいい場所だ。

怪しい波の動きや呼吸するための筒、あるいは息を吐いて漏れた泡……。微《かす》かな乱れも見逃さぬ鋭い視線が、沼を注意深く観察する。

特に異常はない。しかし……。追手の忍者は、遅れてついてきた兵士の手から槍を取ると、沼の中に勢いよく突き刺した。二度、三度、激しく何度も突き立て、水中をかき乱す。

だが、どれだけ槍を突き刺しても、沼には何の反応もなかった。追手の忍者は手を止め、ふたたび水面をじっとにらんだ。あるのは突き刺した槍が起こした波と泡ばかりだ。

うまく底に潜れば、槍の届かないところもある。しかし、これだけ無茶苦茶に水をかき回されて、息も漏らさずじっと潜っていられるとも思えない。そもそも逃げ場がないからといって、この沼に潜っても後がないことくらい、誰にでもわかることだ。

きっと他の場所へ逃げたのだろう。

そう考えて、追手の忍者は沼に背を向けて歩き出した。

しかし、二、三歩進んだところで足が止まった。振り返って、沼に目をやる。

おかしい。あの沼には誰も潜んでいないはずだ。だが、何か……。

それは忍者の勘としか言いようのないものだった。このままこの沼を見過ごしてはならない。そんな思いが胸にわいてきて、無視することができなかった。

時間だけで言えば、肺の強い者ならまだ潜っていられるかもしれない。

追手の忍者は他の兵士を先に行かせて、自分はそこにとどまった。そしてまた油断のない目つきで沼を見張った。

重くゆっくりと時間が流れた。これだけ時間が経てば、どれほど鍛えた忍者であっても、もはや溺死を免れない。

しかし沼には、何の変化もなかった。死体が浮かんでくる気配もなく、水面は泡ひとつ上がらず静まり返ったままだ。

勘が外れた。やはり、ここには誰も潜っていなかったのだ。追手の忍者はすぐに森の他の場所を捜索し始めた。時間を無駄にしてしまった。だが、この周囲は他の追手の者たちによって取り囲まれている。どうしようと逃げ切れるはずなどない。しかし、追手の忍者とその仲間がいくら探しても、結局その後、見失った忍者を発見することはできなかった。

いったい、どんな手を使って森を抜け出したのだろう。あの沼に気を取られている間に、何か策を打たれたに違いない。

忍者の使命は、どんなことをしてでも情報を味方に伝えることにある。きっと今頃、あの忍者によって奇襲計画のことが敵国に伝わっていることだろう。相手に情報が漏れてしまっては、奇襲は成り立たない。たったひとりの忍者のせいで、計画は白紙に戻されたのだ。方法はわからないが、この死地を切り抜けるとは、なんと優秀な忍者だろう。追手の忍者は、とり逃した悔しさよりも、相手への称賛の思いを抱かずにはいられなかった。

追手の忍者は、大きな勘違いをしていた。

逃げていたあの忍者は、たしかに沼の中に潜っていた。そして、追手が迫る前に、彼は覚悟を決めたのだ。

懐に重い石をいくつか抱いて、沼に入るとすぐに肺の空気を吐ききった。肺が水で満たされ溺死した彼に、もはや呼吸の必要はなく、石の重りはその体を沼底深く沈めていった。

死体さえ見つからなければ、逃げ延びて情報を伝えた可能性を考え、奇襲を中止せざるをえないことを、彼はわかっていた。彼にとっての使命は、生き延びることよりも、命に代えても自分の仕える国を守ることだったのである。

追手は、相手が上手く逃げたと大きな勘違いをしていた。追手がたったひとつ正しく理解していたこと――それは、追いかけている相手が優秀な忍者であるということだけだった。


（作　森久人）

クラス委員長選挙

クラス委員長を決める選挙に、
クラスで人気のある
男女二人が立候補した。
そこに割って入ったのが、
クラスでは人気のない——
むしろ嫌われ者の
近藤くんだった。
三人を候補者として、
クラス委員長選挙が行われた。
選挙の結果は、
クラスの皆が驚くものだった。

近藤くんの人気のなさはわかっていたが、
これほどまでだったとは――。
結局、最多の票を獲得した岡さんが、
僅差で森くんを破って、
クラス委員長に当選した。
落選した近藤くんが抗議をした。
「得票数を正の字で
書くのはいいけど、
名前をフルネームで書く
必要はないじゃないですか⁉」
書記役をつとめた教師が、
弁解するように言った。
「正一、ごめん。悪気はなかったんだけど、
正一に票がなかったら、カッコ悪いだろ…」

岡とか、森とか、近藤とだけ書けばいいじゃないですか!
なんで、正一って、下の名前まで入れるんですか?
近藤 正一
森 武
岡 泉
投票箱

娘さんを僕にください

甘ったるい香りが漂《ただよ》ってきて、私はあきらめて床を出た。

娘をもつ父親ならできれば避けて通りたい、いや、できるだけ先延ばしにしたい、そういう日が、思いのほか早く訪れた。

私はいつも通り、ダイニングテーブルにつき新聞を読む。しかし、内容がまるで頭に入らない。代わりに、並んでキッチンに立つ妻と娘の声が耳から入ってきては、まるでピンポン玉のように、私の脳内を跳ね回る。形が崩れちゃっただの、焦げ目が微妙だの。私は咳払いをするが、二人は構わず話を続ける。

「卵焼きは、彼の大好物だからね」

「そうそう。お父さんと違って、甘〜い卵焼きがね！」

ふん、お子ちゃまが。娘はまだ十九歳。相手も、おそらく同じくらいか、せいぜい二十代前半といったところなのだろう。それより、妻も当然のように相手の好物を把握しているということだ。先に女親に取り入ろうとするとは、姑息《こそく》な男め。

しかし、妻が交際を認めているということは、それなりにちゃんとした相手だということか。だとしても、まだ高校を卒業したばかりの娘が、結婚となると、私としては、そう簡単に認めるわけにはいかない。相手がどんな男であれ、まずはとにかく、ガツンと言ってやろう。昨夜一睡もできず布団の中で繰り返したあのセリフ――君にお父さんと呼ばれる筋合いはない――を。

「娘さんを僕にください」

開口一番、男はそう言った。

私は閉口する。例のセリフを言おうにも、まだ「お父さん」と呼ばれていない。

「ちょっといきなり～？」

娘が笑い、沈黙を破った。

「そうよ、順番がおかしいわよ」

妻も苦笑し、男を見る。

「やー、こういうことはその、言いやすいことからと思って」

男はそう言って額の汗をぬぐう。

私は咳払いをし、男に言った。

「言いにくい、の間違いだろう？」

するとと今度は、私以外の皆が閉口した。

——何だ、この沈黙は。言いにくい？　「娘さんを僕にください」以上に言いにくいことが、あるというのか？　まさか、娘のお腹には赤ん坊が？　だから、結婚を急ぐのか⁉

「お、お、お、」

男が、何か言おうとしたが、私はそれを待たずに怒鳴った。

「お前、この子はまだ十九歳だぞ？　我々からすれば、この子自体がまだ子どもみたいなもんだ！　それをお前、いい大人が……」

そう、男は私の想定に反し、いい大人だった。二十代前半どころか、後半も三十代もすっ飛ばし、おそらく四十代。私や妻とそう変わらないような年頃と見えた。

男はうつむき、肩を震わせている。いい大人が泣いて許されるとでも思っているのか？　私は怒りにまかせて立ち上がり、男の肩をつかんだ。

「おい、黙ってないで何とか言え！」

妻が席を立ち、男をかばうようにして言う。

なのに。


「そんな人じゃないわ、この人は」

「そうだよ、最後まで話を聞いてあげてよ！」

娘も一緒になって私を非難する。この私が責められるいわれなど、何一つないはず
なのに。

そして、ようやく男が顔を上げ、口を開く。

「僕は……、僕は娘さんには指一本触れていません！」

「何だと？……本当か？」

私は、娘に確認をとる。

「当り前じゃない」

高校生の頃から朝帰りを繰り返していた娘が、さも当然のようにそう言った。にわかには信じがたく、妻にも「本当か？」と視線を送る。

「間違いないわ」

妻もまた、間髪《かんはつ》入れずにそう言い切った。

こうなるとばつが悪い。私は黙ってテーブルの真ん中に置かれた大皿に箸を伸ばし、卵焼きを一つ取って口に含む。その甘さが、私の頭の中の的外れな怒りや疑問を溶かしていく。

「……私も大人げなかった。君の好物なんだろう？　二人が早起きして作ったんだ。さぁ、食べなさい」

　卵焼きを頬張る男の顔が、しだいにほころんでいく。やはり甘さが効いて、緊張が解けてきたのだろう。こちらもすっかり落ち着いて、冷静な目で彼を見、話を聞くことができるようになった。

　すると、どうだろう。目の前の男がとても温厚で、思慮深そうな、文句のつけようがない、いい男に見えてくる。勤めている会社も超一流で、重要なポストも任されているのだという。

　娘は、たしかにまだ、結婚には早い年齢かもしれない。だが、これほどの男とめぐり会えるチャンスは、長い人生でも、そうそうないだろう。私は愛する娘のために覚悟を決めた。

　やがて男は箸を置き、改めて、かしこまった様子で口を開いた。

「お、お、お……お父さん、」

　来た。いいぞ、いい、いい。君のような男にならそう呼ばれてもいい。

「お、お、お、お、」

　落ち着け、落ち着け、そして早く本題へ。

「お、お、お、お、お奥さんを僕にください!!」

——言葉を失うとは、まさにこのことだ。

私はとりあえず、大皿に残っていた卵焼きをすべて口に詰め込んだ。その糖分によって、頭をどうにか働かせようとしたのだが、それでもやはり、発すべき言葉を見つけられなかった。

そんな私を、皆が固唾を呑んで見守っている。何か言わなければ、何か……。私は卵焼きを飲み込み、ただ一つ頭に残っていた言葉を吐き出した。

「君にお父さんと呼ばれる筋合いはない！」

「そ、そうですよねぇ……」

男はへらへらと笑う。

「そうよ、ダーリン。『お父さん』はないわ〜」

ここ何年ものあいだ、私には指一本触れなかった妻が、その両手で男の腕に触れている。

「はいはい、そこまでだよっ！　まだイチャついていい場面じゃないぞっ！　ママ、パパ！」

娘が、私の心境を代弁するように、ツッコミを入れる。ありがとう。ありがとう、わが娘よ。いや待て、「パパ」？　誰のことだ？

「とー、とー」——娘が初めて私を呼んだ日のことが、まるで昨日のことのように思い出される。そう、この子は生まれてこの方、私を「パパ」などと呼んだことはないのだ。

私はそれから、もう何十年も昔のことのようにも思える、数十分前の出来事を振り返る。目の前にいる、このとんでもない男が、開口一番、私に何と言ったか——なるほどたしかに、この男にしてみれば、比較的言いやすいことだったのだろう。しかし、私にとっては、それもまた聞き入れがたい、いや、死んでも聞きたくない話だ。

だが、男は容赦なく、ふたたび口を開いた。

「と、いうわけですので、お父さん！　今度こそ、本当に、お父さん!!」

黙れ黙れ黙れ黙れ！　貴様にお父さんと呼ばれる筋合いはない!!　それは今こそ、まさに今こそ放つべきセリフなのだが、もはや声にはならず、私はただ口をパクパクさせることしかできなかった。

そんな私をよそに、男は深く頭を下げ、よどみなく言った。

「娘さんを、娘として、僕にください」

以来、私は、誰からも「お父さん」と呼ばれることはなくなった。

（作　林田麻美）

花嫁の父

病室で泣いている父娘の前に魔神が現れて言った。
「どんな願いでもかなえてあげましょう」
父娘が泣いていたのには理由があった。
父親が不治の病にかかり、
余命いくばくもなかったのである。
父親は、泣く娘を抱きしめながら言った。
「病を治してくれとは言わない。
ただ、この娘の花嫁姿が見たい……。
この娘が結婚するまでは、病気の進行を
遅らせてもらえないだろうか？」
その日から病気の進行はピタリと止まった。
そして、あの日から二十年近くが経ち、
娘は美しく、優しい女性に成長していた。

成人した娘が、あるとき、大恋愛をした。
娘から紹介された相手の男は、
父親から見ても優しくたくましい男性で、
彼になら、娘を任せられると思った。
しかし、それから何年経っても、
娘は彼と結婚する気配も様子もない。
そのとき、ふとある考えに思い至った。
自分は、あの魔神に、「娘が結婚するまでは、
病気の進行を遅らせてほしい」と頼んだ。
それは、娘にとっては、
「自分が結婚したら、父親が死んでしまう」
という呪縛になったのではないだろうか。
聡明で、優しい娘のことだから、間違いないだろう。
――娘は、自分の結婚よりも、父親の命を選んだ。
その日、父親は魔神を呼び出した。
数日後、彼は優しい表情を浮かべ、息をひきとった。

魔性の女

気がつけば、ずいぶんと長いこと生きてきました。自分で言うのもなんですが、わたしはいつだって、時の権力者に愛されていたのです。わたしを奪いあって、争いや殺人事件が起きたこともありました。

いつだったか、わたしをめぐって、権力者の一族が内輪もめを始めました。その家の長男がどうしてもわたしを手に入れたいと言い、それに反対する次男と大ゲンカに発展したのです。次男もまた、わたしを手に入れたがっていたのでした。

さらに、裏で糸を引いていた三男が、二人の兄を出し抜いて三すくみ状態になり、結局、わたしは誰のものにもなりませんでした。兄弟たちは、力を落としていましたが、もとから、わたしにはどちらかを選ぶなどということはできなかったので、それでよかったのかもしれません。

兄弟のもとを去ったあと、わたしは一人の男性の寵愛《ちょうあい》を受けました。年老いた男性でしたが、常に目を爛々《らんらん》とさせて、仕事に打ち込んでいる人でした。わたし以外にもたくさんの女性を愛しているらしく、わたし一人に執着することはありませんでしたが、それでも大事にされていたとは思います。ほかの女性とは次々と別れたのに、わたしのことは最後まで、そばに置いていたのですから。そう……最期まで。

いくら権力があっても、最期の瞬間というのは等しく訪れるもので、その男性も例外ではなかったのです。男性が命を落としたあと、わたしは彼のもとを去りました。わたしが望んだわけではありませんが、周囲が許してくれなかったのです。

そのあと、わたしはまた違う男性と出会いました。その人は独占欲が非常に強く、わたしは外に出ることができませんでした。それが不満だったわけではないのです。彼のような男性はこれまで何人もいました。わたしを手に入れた人の多くが、わたしを手放したくないと思ってしまうのです。罪な奴だと、戯れに言われたこともありました。ですが、わたしは、自分の生まれもった性質を変える方法がわからず、ただ愛されているしかありませんでした。

独占欲の強い男性のもとにいたとき、別の男性が目の前に現れました。背の高い男性で、わたしを独占欲の強い男性から奪おうとしていたのです。はじめのうちは、まだ冷静に話をしているように見えましたが、それも時間を追うごとに熱を増してゆき、とうとう背の高い男性が独占欲の強い男性を、近くにあったゴルフクラブで殴打してしまったのです。

倒れた男性は、そのあとはもうピクリとも動きませんでした。頭から流れる血が男性の死を告げていましたが、殺したほうの男性は落ち着いていたように思います。もしかしたらわたしのほうが強張っていたかもしれません。さすがに、人が人を殺す現場に居合わせたのは初めてでしたから。

そんなわたしを、背の高い男性は外へ連れ出しました。「やっと俺のものになったな」と、その男性がつぶやいたことを今でも覚えています。

ですが、わたしが彼のものであった時間は、とても短いものでした。それはそうです。人を殺めたのですから、彼には罰が待っていました。彼と離ればなれになったあとは、しばらく平穏な暮らしが続きました。誰かの欲にまみれることもなく、いろいろなところを転々とし、さまざまな人と出会いました。

権力者ではない人と深い関係をもったこともあります。その青年は、とても裕福とは言えませんでしたが、わたしのことは何よりも大事にしてくれました。もしかしたら、それまででいちばん、心が通じ合った人かもしれません。

独占欲とは違う、けれどわたしを失いたくないという彼の気持ちに触れるたび、わたしは切ない気持ちになったのです。彼に幸せになってほしい。そのそばに、わたしがいられなくてもいい。わたしで力になれることがあるなら、喜んでこの身を捧げよう。そんなふうに思ったのは初めてだったかもしれません。

多くの人が、わたしのことを「愛のない存在」だと言いました。ですが、けっしてそんなことはありません。わたしは従順な女。その人の心を映す鏡のような存在なのですから、「悪女」になることもあれば「天使」になることもあるのです。

その貧しい青年のもとにいる間、わたしは「天使」でいられたのだと思います。だから、青年のもとから離れるときも、寂しさは感じたけれど後悔はしませんでした。わたしと別れざるを得なくなった青年は、ひどく落ち込んだ様子でしたが、わたしがいなくなったあと彼のもとに幸福がやってくることを、わたしは知っていました。そのうち、わたしのことも忘れて、彼は笑えるようになるだろう。もう二度と会えない青年のことを愛しく思いながら、わたしは姿を消しました。

男性だけではありません。わたしはこんな性質ですから、女性から疎まれたことだって数えきれないくらいあります。

その女性は、とても綺麗な人でした。髪や化粧、服に靴にアクセサリーにと、あらゆる面で美しさに気を配っている様子で、美を追求することにためらいはありませんでした。そこまでしなくても充分に綺麗だとわたしは思ったのですが、彼女は満足していなかったようです。

「ほんと、あんたは気楽よね。あたしがどれだけ努力して美しくあろうとしてるかなんて、気にもしないでしょ？」

皮肉っぽい口調でそう言われて、わたしは何も言い返すことができませんでした。人はわたしに夢中になりますが、わたしは自分を美しいと思ったことはありませんし、美に執着することもないのです。その女性とは、それっきりになりました。

ほかにも、男性のほうがわたしを手に入れようと夢中になるので、恋人の女性から快く思われなかった、なんてことは振り返るとキリがありません。

ずいぶんと長いこと生きてきた間に、思えば、とてつもない数の人たちの人生を、わたしは変えてきたのです。ときに狂わせてきたと言ってもいいかもしれません。たのただそれらは、わたしが望むと望まざるとにかかわらず目まぐるしく起こったことだったので、わたし自身、疲れを感じるようになってもいました。

残りの時間は静かに暮らしたい。そんなことを思い、どことも知れないような田舎でひっそりと日々を送っていたわたしは、小さな幸せに立ち会うことになったのです。その出会いも、また偶然。田舎に一人で暮らす老婆からメッセージを託され、都会で忙しく貧しい生活を送る息子のもとを訪ねることになったのです。

長いようで短い旅を経て、わたしは老婆の話していた場所にたどり着きました。古いアパートの一階で、両隣の部屋に挟まれて肩身の狭そうな扉の向こうが、目的地でした。

扉の叩かれる音に反応して出てきた息子は、たしかにやせ気味で、目の輝きも弱く、「仕事を求めて都会に出たものの、思うようにゆかず苦労しているらしい」という老婆の言葉を、そのまま体現していました。

わたしを見て老婆の――自分の母親の思いを知った息子は涙を流して感謝し、そして、わたしを強く抱き締めました。その胸のなかはあたたかく、母への愛情に満ちていて、久しぶりに心地よい感じがしました。

ああ。この人は、わたしを大事にしてくれる。こういう人にこそ、わたしは愛されたい。ぽつぽつと落ちてくる涙を受けながら、がらにもなく、そんなことを思ってしまったのです。

わたしを抱きしめて年甲斐もなく泣き続ける息子から、母親への思いが、そしてわたしへの思いが伝わってきます。わたしは言葉にできない思いを、なんとか伝えようと念じました。

大丈夫。あなたのお母さんの思いを背負って、わたしがあなたの力になるから。きっと。

休みの日に、呼び鈴が鳴った。出てみるとそこには郵便配達員が立っていて、ひとつの封筒を差し出している。

「書留です。サインお願いできますか」

見れば、書留の差出人は田舎の母だった。書留を受け取り、ドアを閉めると、おれはすぐに封を開けた。そこには、一通の手紙が入っていた。

――雄介《ゆうすけ》へ

元気にしていますか。あなたが就職して東京に出ていって、そろそろ三年。まだまだ、大変なことのほうが多いみたいですね。あなたは遅くにできた一人息子だから、家にいた頃は、私のことを何かと負担に感じていたことでしょう。

だから、「都会に行って自分の力を試したい」と言うあなたを、私は止めてはいけないと思っていました。送り出すのが、母親の務めだと思ったのです。

それでも、息子が一人で苦しんでいると知れば、手を貸すのが親というものです。

あなたは嫌うかもしれないけど……それでも、お父さんが亡くなった今、あなたは私にとって唯一の家族なのだから、力にならせてちょうだいね。

少ししかないけど、内職して貯めたものを同封します。用立ててください。

つらくなったら、いつだって休みにきていいんだからね。母より
そんな手紙とともに、封筒の中には、くしゃくしゃになった一万円札が収められていた。決して多くはない額ではあるが、それでも、このお金を工面《くめん》するために、母は自分の生活を切りつめたのだろう。

「母さん……ありがとう……」

情けなく声がもれて、次には視界がぐにゃりとゆがむ。気づけば、母から送られてきた一万円を胸に強く抱きしめて、おれは、そこに涙を落としていた。

ぽつぽつと一万円札に落ちた涙が、そのままシミになってゆく。

――大事に使わせてもらうよ、母さん。

涙が邪魔して言葉にならない思いを、一万円札を抱き寄せ、心の中でつぶやく。

母の思いを託されたこの一万円札は、必ず、おれの力になってくれる。そう思った。


（原案 太宰治、翻案 桃戸ハル、橘つばさ）

クールなスパイ

私は、これまで数多くの企業から、
機密情報を盗んできた腕利きのスパイだ。
今日もクライアントに、ライバル企業の
機密情報を盗むことを依頼されている。
情報管理室にたどり着くまでに
突破しなければいけない扉は10箇所。
すべての扉に、高度な顔認証装置がある。
私ほどの有名なスパイは、「最重要警戒人物」として、
顔写真がデータベースに入っているだろう。
しかし、私の技術の前には、
そんなシステムなど、オモチャも同然である。
私は、九枚の扉を軽々と突破し、
最後の扉の前に立った。

不審な男が、一つ目の扉の前に立ったとき、
警備室は緊張に包まれた。しかし次の瞬間、
警備室は爆笑の渦に巻き込まれた。
端正な顔をした男が、モニターに向かって、
「変顔」をしたのである。
「変顔」で、顔認証を突破できるわけがない。
警備員たちは、
呼吸するのが困難なほど笑い転げた。
「もうちょっと……もう一回、この男…
の変顔が…ククク…見たい…何、これ…」
「すごい…ヒヒヒ…笑いが止まらない
…なんか、すごい気取ってるし…」
「腹が痛い…腹がよじれる…
もっと見よう…最後の扉まで……
泳がせて…ククク…みよう」
そうやって、九枚の扉は開かれたのだった。

夢のマイホーム

転職が決まり、十月から新しい会社に勤めることになった。

今まで勤めていたのは地方にある会社だったが、秋からは都心のオフィスへ通勤することになる。田舎暮らしは、子どもの健康のためにもよかったのだが、ここから都心へ通うのは、現実的ではない。

妻は、田舎暮らしを楽しんでいる様子で、賃貸ではあったが、もともと住んでいた暖炉や煙突やウッドデッキのあるロッジ風のこの一戸建てを、「物語に出てくるおうちみたい」と言って気に入っていた。だから、引っ越しの話を嫌がるかと思ったのだが、予想に反して、「そうよね」と言っただけだった。

「田舎ののんびりした生活もいいけど、子どもの教育のことを考えたら、都会もいいのかもね」

こうして、現実的で堅実な妻の言葉に背中を押されて、わたしは人生最大の買い物をした。転職先は小さな会社で、オフィスが一ヵ所しかないため、転勤などの心配はない。ならば、と、この機に思いきって分譲マンションを買うことにしたのだ。小柄な妻と、四歳の息子、一家三人にはじゅうぶんな2LDKで、妻は、「やっぱり都会はいいわね」とご満悦の様子だった。これからは、先の長いローンのために、今まで以上に汗水たらして働かなければならない。

幸いにして、新しい会社での仕事は順調で、妻と息子を思って働くことは、苦でもなんでもなかった。妻は早々に都会の暮らしに慣れて生き生きとしていたし、息子も、これまでとは違う街の様子に興味をひかれたようだった。

これからは、この街で、妻と息子とともに時間を重ねてゆくのだ。

ガスにかすむ都会の満月にむかって決意したとき、すでに異変は起こっていた。

幼い息子から、笑顔が消えたのだ。田舎に暮らしていたころは、泥だらけになるまで外を走り回っていた活発な息子が、マンションで暮らし始めてからは、リビングのソファからあまり動かなくなった。

お気に入りの「おばけの絵本」も無表情でめくっているし、ロボットのオモチャも指先でいじるばかりで、あまりおもしろくなさそうにしている。

自然が少なくなったことを寂しく感じているのかと思い、頻繁に公園や、たまに遠出して海や山にも連れていくのだが、元気に遊ぶのはそのときだけで、帰ってきたらまた肩を落としてしまう。

「あの子は、どうしたんだろう？」

そう尋ねると、妻も気になっていたようで、「うーん……」と指先をあごにそえた。

「幼稚園でイジめられてるんじゃないかと思って、先生にそれとなく聞いてみたんだけど、そんなことはないみたい。逆に、『男の子にミミズを近づけられて泣いていた女の子を助けてあげてましたよ』って言われちゃった」

ならば、なぜ息子は元気をなくしているのか？　心当たりはない、と妻は言う。そうなると、息子に直接、尋ねてみるしかない。

息子は、近づいてくる冬に精気を吸いとられるように、元気をなくしている。このまま放っておけば、冬に花が枯れるように、息子の心も枯れてしまうかもしれない。

「慎重にね」と妻に念を押されたせいで、足音にも気をつかって、そろりそろりと、わたしは息子に近づいた。息子はリビングのソファに座って、つまらなそうに絵本をめくっている。

「どうした？　最近、元気ないんじゃないか？」

「そんなことないよ」

答える声に、すでに元気がない。上手にウソをつけない子どもは、いたいけで愛らしいが、それゆえに、無理をしていることも伝わってきてしまう。

「悩んでることとか、イヤなことがあるなら、パパに言ってごらん。パパもママも、おまえの力になるから」

そう言って背中をさすると、小さな胸の中につっかえていた言葉が吐き出された。

「このマンションが……」

と、息子はこわごわ、つぶやいた。

「このマンションが……、すごくイヤなんだ。前のおうちに、もどりたい……」

その言葉を聞いて、驚かなかったと言えばウソになる。息子から聞いた言葉をそっくり妻に伝えると、妻もわたしと同じ気持ちになったのか、いちど見開いた目を細め、手で口を隠してしまった。

「まさかあの子、感じてるのかしら。不動産屋さんが言ってた――」

「しっ、あの子に聞こえるだろ」

人差し指を唇にあてて、わたしは妻の言葉をさえぎった。あわてた様子で妻が口を閉じる。そっと息子を見ると、もう絵本は閉じて、手に持ったロボットに擬音をあてて、一人遊びをしている。今の会話は聞こえていなかったらしいことに、とりあえず胸をなで下ろした。

たしかに、このマンションを紹介してくれた不動産屋の担当者が言っていた。こういうことは伝えておくのがルールだからと言いながら、それでも言いたくなさそうに話してくれた。わたしも妻もそういうたぐいの話は気にしないタチだし、何より、そんなバカげた噂のおかげでこのマンションが安く買えたのだから、感謝したいくらいである。

入居したあとも、わたしと妻は何も感じなかった。だから、引っ越し直後と転職直後のバタバタで、そんな話はすっかり忘れてしまっていたのだ。

けれど、その忘れていたことを、息子の言葉ではっきりと思い出した。まるで、奥にモノがはさまって開けることのできなかったタンスの引き出しが、あるとき、力も入れていないのにスッと開いたような感覚だった。

そして、思いがけなく開いた引き出しには、見なくてもいいものが入っていた。

——このマンション、「出る」っていう噂があるんです。

——なんでも、七、八年前に、屋上から飛び降りた人がいたとかで。

そう言って額をぬぐっていた不動産屋の担当者の顔が浮かぶ。「あくまでも噂ですけどね」と口早につけ足された言葉は、彼自身に言い聞かせているようだった。

そのことは息子には話していない。わざわざ怖がらせる必要もないし、そもそも、わたしも妻も不動産屋の話は信じていなかった。もちろん、そんなものを見たことも、気配を感じたこともない。だからこそ忘れていたのだが、噂を知らない息子に言われて思い出すことになるとは……。

まさか……。けれど、本当に飛び降りた人がいたのだとして、あの噂も事実だとすれば、息子がこのマンションに引っ越してから元気をなくしたことにも、「このマンションはイヤだ」と言っていることにも説明がついてしまう。幼い子どもは感受性が豊かだから、大人には察知できないものを察知する能力が本当にあるのだ。

そして、息子が不思議なことを言った翌日から、わたしも、何か人ではないものの気配を感じるようになってしまった。

ひとつひとつは些細なことだ。

置いたと思っていたところに鍵がなく、思わぬところから出てきたり。

深夜なのにギシギシと歩き回るような音が、上の部屋から聞こえた気がしたり。

廊下を歩いていると、誰かがうしろからついてきているような感じがしたり。

マンションの裏手が、昼でも奇妙に温度が低くなっているようで鳥肌が立ったり。

いつも決まった時間に、駐車場のほうからドサリと重いものが落ちるような音が聞こえたり。

どうやら妻も異変を感じているらしく、わずかな物音にも敏感になってしまった。息子を幼稚園に送り届けたあと、昼間はわたしも仕事に出ているから、妻は家にひとりきりだ。ずっと外で時間をつぶすわけにもいかないから、不安は増すばかりだろう。

息子は最近、お気に入りだったはずの「おばけの絵本」も、とうとう読まなくなってしまった。そんな息子にもまして顔色の優れない妻が心配で、わたしはいよいよ、引っ越しすることも考え始めた。せっかく手に入れた夢のマイホームだが、妻と子どものことを思えば、「このまま」というわけにもいかない。

そのことを妻に話すと、小さくうなずいた。限界が近かったのだと思い知って、やはり引っ越すしかないと決意する。それなら、息子にも伝えなければいけない。

「このマンション、引っ越そうと思うんだ。できるだけ早いうちにね」

息子を安心させるため、ゆっくりと言うと、息子は大きく目をみはった。その瞳には安堵と嬉しさが同じくらい宿っている。そこまで、このマンションにイヤなものを感じていたのだろう。ムリをさせてしまったことを後悔する。

「ほんと？　じゃあ、前に住んでたところに、もどるの？」

「今、パパが働いている会社には、前の家からは通えないんだ。だから、この近くで探そうとは思ってるんだけど……前の家に戻りたいのか？」

そう言って息子の頭をなでると、小さな顔いっぱいに笑みを広げて、コクリとうなずいた。久しぶりに息子の笑顔が見られて嬉しくなった。

「ねぇ、いつ、お引っ越しするの？」

「そうだなぁ……いろいろ忙しくなるし、十二月の中ごろまでには引っ越したいな」

「ほんと？　よかったぁ！　それだったら、クリスマスに間に合うね！」

「クリスマス？」

気の早い言葉が出てきて、おや、と思う。しかし、わたしや妻が反応を迷っているうちに、息子がぴょんと跳び上がった。

「だって、このマンションには煙突がないんだもん。煙突がないと、サンタさんが入ってこられないでしょ？　サンタさんが入ってこられなかったら、プレゼントがもらえないよ‼　だから、ここイヤだったんだ！」

（作　桃戸ハル、橘つばさ）

神様の罰

好き嫌いの多い息子が、
今日も、スープのニンジンだけを残した。
「食べ物を粗末にしていると、神様の罰があたるわよ」
母親が、きつく叱り、「神様」を持ち出しても、
息子は理屈をこねて、
自分の部屋に逃げこんでしまった。
それから小一時間後、急に大雨が降り出し、
稲光が大地を突き刺した。
近くに雷が落ちたのか、
大きな雷鳴もとどろいている。
さっき、「神様の罰」と言ったから、
息子は、フトンの中で震えているだろう。
母親は、子ども部屋をのぞいてみた。

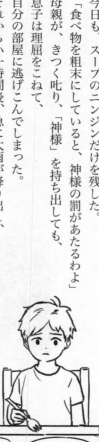

すると、息子は、興味津々な表情で、
窓から、稲光をながめていた。
「さっき、あなたが
ニンジンを残したから、
神様が怒っているのよ」
母親が言うと、息子は、
少しがっかりしたような表情で言った。
「世界の中で、たった一人の男の子が、
ちょっとニンジンを残しただけで、
こんなに怒りまくるなんて、
神さまって、短気で、
すごく器が小さいんだね」

トモダチ申請

――久しぶりだね、チホ。元気だった？

そのメッセージを見た瞬間、わたしは首のうしろに氷を押し当てられたような心地になった。単純な「恐怖」ではない。驚き、悲しみ、なつかしさ、喜び、とまどい、緊張……いろんな感情が一気に押し寄せてきて、うまく息ができなくなったのだ。

メッセージの送り主である「ｎａｎｏｋａ」というアカウント名を凝視したまま、わたしはスマホを持つ手を震わせることしかできなかった。

半年前、親友が交通事故で亡くなったと聞かされたとき、わたしは自分の体の半分が消滅してしまったかのような喪失感に襲われた。

親友とは幼稚園から高校までずっと一緒に過ごし、すでに十三年以上の付き合いだった。二人とも彼氏がいないから、週末はお互いの家を行き来するか、一緒にどこかへ遊びに行くか。悩み事があれば相談して、特に用事がなくても「会おうよ」と言って気軽に会う、そんな唯一無二の親友だった。

「ずっと一緒にいようね」と約束するくらいに——自分の一部だと思えるくらいに、かけがえのない存在だった。

だから、たった一人のその親友が理不尽な事故で亡くなったあとは、毎日のように泣き続けた。しばらくはまともに食事もできなかったし、眠り方も忘れてしまった。学校に行っても、どこへ出かけても、世界が灰色になってしまったみたいに何も感じられなかった。

でも、親友の死から半年経って、ようやく、「このままじゃいけない」と思えるようになった。きっかけは、昨年のわたしの誕生日に親友がくれたメッセージカードが出てきたことだ。そこには親友の丸っこい文字で、「笑う門には福きたる！　これからも毎日、ハッピーに笑って過ごしてね‼」と書かれていた。

わたしがずっと泣いて過ごすことを、親友は望んでいない。そう思ったら、頭の中にかかっていたもやが少し晴れた気がした。

「これから先、もう会えなくても、わたしたちはずっと親友だよ」

親友の分まで笑って生きよう。わたしがそう決意した数日後、スマホにSNSの通知が届いた。ほかのユーザーから「トモダチ申請」が届いたという通知だった。

そして、「トモダチ申請」をしてきたユーザーの名前を確認したわたしは、我が目を疑った。

そこには「ｎａｎｏｋａ」と表示されていた。半年前に亡くなったわたしの親友、菜乃香《なのか》と同じ名前だったのだ。

これは、ただの偶然だ。全国にどれだけの「ナノカ」がいるのかは知らないけど、たまたま、親友と同じ名前の人から申請があっただけ。そうは思ったものの、わたしはとっさに、「ｎａｎｏｋａ」からの「トモダチ申請」を許可していた。すると、ほとんど間を置かず、今度はメッセージを受信したことを知らせる通知音が鳴った。


――久しぶりだね、チホ。元気だった？


そうして「ｎａｎｏｋａ」から届いたＤＭは、うまく息ができなくなるほどの衝撃をわたしに与えたのだ。

「久しぶり」って、どういう意味？　ＳＮＳのアカウント名は不特定多数の目に触れるから、わたしは本名とは違う名前で登録してある。それなのに、本名の「チホ」と名指しできたのは、どうして？　「ｎａｎｏｋａ」……いったい、あなたは誰なの？

そんな疑問がいくつも浮かんできたけれど、わたしは、心の片隅で自分が欲しい答えを見つけていた。

「菜乃香、なの……？」

愕然としながら、口からこぼれていた言葉を、おそるおそるＤＭで送る。すると、すぐさま返事があった。

――そうだよ。あたし、菜乃香だよ。

――急に連絡して、びっくりしたよね？　ごめんね。

――ほんとはもっと早くにつながりたかったんだけど、なかなか難しくて。あっち、Wi‐Fi飛んでなくてさ、不自由すぎるよー。

――チホ、あたしが死んじゃってからずっと泣いてたから、心配だったんだ。半年も連絡できなくてごめんね。

――でも、最近ちょっと元気になってくれたみたいで、よかった。やっぱりチホは、笑顔のほうがいい！

短めのメッセージを連投してくる感じも、その間合いも、羽のように軽やかな文体も――こんなの、菜乃香本人としか思えない。

スマホを抱きしめて、わたしは泣いた。返信しようにも、涙で画面がぼやけてしまって、それどころではない。その間にも、「おーい、チホー？」「寝ちゃったー？」「あ、でも既読ついてる」「ドッキリじゃないよ。菜乃香だよ!?」といった軽い調子のメッセージが、ピョイっ、ピョイっという、ポップな通知音とともに届いている。

あぁ、やっぱり、これはどうしようもなく菜乃香だ。

──すごい奇跡。本当に菜乃香なんだね。わたし、ずっと菜乃香に会いたかったんだよ。急にいなくなるんだもん、ひどいよ。でも、また会えてうれしい。今まで生きてきたなかで、一番うれしい。

ようやくそれだけの文章を送ると、またすぐに返信があった。

──約束したでしょ。ずうーっと一緒にいようねって。

こうして、わたしは死んだはずの親友を取り戻した。

わたしたちは暇さえあればメッセージを送り合い、時間が経つのも忘れて会話を楽しむようになった。菜乃香は無邪気に、「久しぶりに、あのお店のワッフルが食べたい」とか、「あのアニメの続きって、どうなったの？」とか、送ってくる。現世への未練というよりも、自分がいなくなったあとの世界を、わたしを通してのぞき見ることが楽しいようだった。

わたしが菜乃香と話せるようになったことを、菜乃香が亡くなって一番悲しんでいるはずの菜乃香の両親に伝えようかと提案したところ、菜乃香はすぐに、「伝えなくていい」と返してきた。「あたしが死んで半年経って、ようやく心の整理がつきはじめたころだろうから、ヘタにまぜっかえすようなことはしたくない」という。少しイジワル心がわいて、「わたしは思いっきりまぜっかえされてるんだけど？」と返したら、「チホは特別だから別！」と、相変わらず軽やかだ。

でも、生きていたころと何も変わらない菜乃香とのやり取りに、わたしの気持ちは安らいだ。菜乃香に話したいことをたくさん話して、ときには夜中までメッセージのやり取りを続けた。言葉を重ねるごとに、本当に菜乃香が戻ってきたんだ、という実感はどんどん強くなっていき――やがてわたしは贅沢にも、メッセージだけの菜乃香とのやり取りに、もの足りなさを感じるようになった。

このSNSに通話機能はない。登録者同士でコミュニケーションをとる方法は、アップした動画や写真やテキストに対してリアクションやコメントを残してやり取りするか、「トモダチ申請」とその承認を経て開通するDM機能を利用するかだ。

せっかく戻ってきた菜乃香とコミュニケーションをとる手段は、スマホの画面に表示される文字だけ。菜乃香はたしかに近くにいるのに、その声を聞くことも、顔を見ることもできない。そのストレスが、少しずつわたしの中にたまっていった。

死んでしまったはずの親友とメッセージのやり取りができるなんて、これはきっと、わたしたちの固い絆が起こした奇跡に違いない。

――わたし、やっぱり菜乃香と直接話がしたい。会いたいよ。

気づけば、そんなメッセージを送っていた。でも、送ってすぐに、「そんなことができるわけない」と思い直す。菜乃香は亡くなったのだ。亡くなった人には、どんなことをしても会えない。常識だ。

衝動的に打ち込んでしまったメッセージの送信を取り消そうとしたとき、送ったメッセージに「既読」の文字がついた。そこから三秒と経たないうちに、ピョイっと通知音が鳴る。ピョイっ、ピョイっと、立て続けに何度も。

――うれしい！

――あたしもチホに会いたい！

――会おうよ！　なにして遊ぶ？　どっか行く？

――いつ会う？

――どこで会う⁇

それは、菜乃香らしい短文の連投だった。ピョイっ、ピョイっと、通知音が鳴るたびに、わたしは少しずつ我に返った。そして、自分がいかに荒唐無稽なことを言ったのかを自覚する。

——ごめん、菜乃香。わたし、へんなこと言ったね。もう会えるわけないのにね。

——なに言ってんの、会えるよ！

——チホが「会いたい」って言ってくれたから、あたし、いいこと思いついた！

——約束だよ！ 絶対だよ！ あたしの言うとおりにしてくれたら会えるから!!

——待って、菜乃香。そんなことしたって、会えるはずないでしょ？

——会えるの！ いいから、言うとおりにして！

会えるわけないよ。だって、菜乃香はもう死んでるんだから——とは、送ることができなかった。どう言おうか迷っているうちに、「約束だからね！」というダメ押しがきて、スマホが鳴りやむ。結局、わたしは送るべき言葉を見つけ出せずに、スマホを置いた。

それからわたしは菜乃香にメッセージを送りづらくなり、菜乃香からもメッセージが届くことはなかった。ふっとわいた衝動に任せて「会いたい」なんて言ってしまったわたしが軽率だったと思う。今さら、そんな夢がかなうはずもないのに。

そして、「約束だよ」と言われた土曜日。朝から青空の広がる外出日和だったが、わたしは指定された駅へは行かないと決めた。もうすぐ期末試験なので、おとなしく試験勉強を始める。

しかし、十四時半を過ぎたころ――ピョイっと、スマホが鳴った。

――チホ！　そろそろ出ないと、十五時に鈴音駅、間に合わないよ！

数日ぶりの、菜乃香からのメッセージだった。やっぱり菜乃香は、わたしと会えると信じているらしい。今日こそは、あのとき飲みこんだ言葉を伝えるべきだろう。

――わたしだって会いたいけど、会えるはずないよ。だって菜乃香は、事故で亡くなったんだよ。もうこの世にはいないんだよ。

すぐに「既読」がつき、緊張で鼓動が速くなる。返事は、すぐにあった。

――わからず屋だなぁ。だから、あたしの言うとおりにしてくれたら会えるんだってば。

――言うとおりにしてくれないなら、強硬手段をとらせてもらうから。

「強硬手段？」と思わずつぶやいた直後、わたしはスマホと定期入れをひっつかみ、ドアを開けて部屋を飛び出していた。そのまま廊下を駆け足で進んで玄関に向かい、靴をはいて外へ出る。わたしの意思とは関係なく、勝手に体が動いたのだ。

「やだっ、なにこれ……っ！」

わたしは怖くなった。体が勝手に動いて、どんどん道を進んでいく。それは、体を操られているとしか言いようのない感覚だった。まさか、菜乃香が言った「強硬手段」ってこういうこと？　菜乃香が、わたしの体を操ってるっていうの？

そのとき、目の前に交差点が見えた。鈴音駅は、この交差点をまっすぐ渡った先にある。歩行者信号は、青の点滅状態だ。わたしだったら立ち止まる──と思った次の瞬間、点滅する信号に向かって、わたしの体はダッシュした。「きゃあっ！」と、思わず悲鳴を上げる。横断歩道のなかほどで歩行者信号は完全な赤に変わり、渡りきったところで、わたしはちょうど走ってきた自転車とぶつかりそうになって、また悲鳴を上げた。

こんなの、一歩間違えば交通事故だ。そう思った直後、わたしはハッと息をのんだ。

まさか……菜乃香が「いいこと思いついた」って言ってたのは、わたしを事故に遭わせて死なせればいいっていうこと？　そうすれば、死んだ菜乃香に会えるってこと？　わたしの体を操っているのも、わたしを予定どおりに死なせるための「強硬手段」なの？

「やめて……！　菜乃香、やめて！　お願い！」

自分の意思とは関係なく歩道を駆けながら、わたしは自分の意思で叫んだ。けれど、返事はない。もしかしたら、スマホには菜乃香からのメッセージが届いているのかもしれないけれど、今のわたしには、それを確認することもできない。

抵抗する術もないまま、わたしは菜乃香が指定した鈴音駅にたどり着いてしまった。握りしめてきた定期券で改札を通り抜け、混雑するホームを急ぎ足で進み、反対側のホームに渡るための陸橋を一段飛ばしで上っていく。

「菜乃香、お願いっ！　こんなことやめて!!」

叫びながら、わたしは気づいていた。この時間、鈴音駅の反対側のホームには、この駅を通過する特急電車がやってくる。特急が通過する直前にホームから線路上に飛び下りれば、いったいどうなるか——想像しただけで、全身の毛が逆立った。

でもきっと、それが菜乃香の——わたしたちが再会するための「計画」なんだ。

「菜乃香ッ！」

すがる思いで叫んだかいもなく、わたしは陸橋の階段を反対側のホームに向かって駆け下り始めた——直後、ズルッと足もとがすべる。

あ、と思ったときには、すでに視界がかたむいていた。落ちる。そう思ってギュッと目を閉じたわたしの体を襲ったのは、階段を転がり落ちる激しい衝撃ではなく、どさっという軽いショックだった。

「大丈夫ですかっ？」

すぐ耳もとで声が聞こえて、おそるおそる目を開ける。わたしは階段から落ちてはいなかった。階段の中央で、わたしとそれほど年齢の変わらない男子に、抱きとめられていたのだ。どうやら彼が、落ちかけたわたしを受け止めてくれたらしい。

「だ、だいじょうぶ、です……」

ノドの奥から声を絞り出し、わたしは乱れた髪を耳のうしろにかき上げた。

そこでようやく、体が自由に動かせることに気づいた。その場でとんとんと足踏みをして、手の平と手の甲を交互に眺める。思いどおりに、動かせる。はあぁっ……と、肺がしぼむまで息を吐き出したところで、眼下のホームを特急電車が通過していった。

ドッ、ドッ、ドッ、ドッ……と、心臓が早鐘を打っている。ホームを通り過ぎてゆく特急電車を見下ろしながらゴクリとノドを鳴らしたわたしに、ふたたび、「大丈夫？」という声が向けられた。

「顔色が悪いけど……もしかして、足とかひねったんじゃない？」

「い、いえっ！　本当に大丈夫、です……」

そのとき、初めてわたしは、わたしを助けてくれた男子の顔をはっきりと見た。

切れ長の目は、くっきりとした二重まぶた。落ちかけたわたしを支えてくれた腕は太く、がっしりとしていて頼もしい。そして、「本当に？」と、繰り返しわたしを心配してくれる声は、ほのかに甘くて心地のいいものだ。

ドッ、ドッ、ドッ、ドッ……と、心臓が早鐘を打っている。その鼓動の意味を、わたしは測りかねていた。

あんなに泣いて叫んで苦しんだはずなのに、生まれた我が子を抱いた瞬間、すべての苦痛が頭から消えた。かわりに、抱えきれないほどの幸福感がやってくる。

「がんばったな、チホ……！　俺たちの子どもだよ。チホも子どもも無事で、本当によかった。ありがとうな。本当に、ありがとう」

汗でびっしょりのわたしの髪を、夫がねぎらうようになでてくれる。切れ長で、くっきりとした二重まぶたの目には、わたしと我が子に対する愛情が浮かんでいる。

十年前、鈴音駅に向かったあの日、わたしが死ぬことはなかった。危ないところを、当時高校三年生だった夫に助けられ、それ以降は穏やかに、彼との関係をはぐくんできた。そして今日、夫との間に待望の第一子を授かった。予定日よりも一週間早く生まれた我が子は、どうやら、気の早い娘に育ちそうだ。

「『いいこと思いついた』って言ってたのは、このことだったのね、菜乃香……」

確信をもって言える。あの日、菜乃香はわたしの体を操って、駅に向かわせた。でもそれは、事故に遭わせてわたしを死なせるためではなく、夫とめぐり合わせるためだったのだろう。

こうして、わたしのもとに「娘」として生まれ変わるという形で「再会」を果たすために。

菜乃香からのメッセージは、高校生だった夫と出逢ったあの日以来、一通も届いていない。だから真相はわからないけれど、わたしには、「だから会えるって言ったでしょ」という菜乃香の軽やかな声が聞こえるのだ。

「今日からまた、よろしくね」

わたしは胸に、たった一人の親友と、たった一人の娘を——かけがえのない大切な二人を、いっぺんに抱きしめた。

（作　橘つばさ）

銀行強盗

白昼堂々、
銀行に強盗団が押し入った。
中にいた行員とお客たちは、
壁際に整列させられた。
強盗の一人が、
整列させられた人々に
大声で言った。

ポケットの中のもの、
身につけているものも
全部だせ!!
サイフやアクセサリー
もだ!!

並ばせられた客の中には、
スズキとサトウという、
同じ会社に勤める二人がいた。
スズキが、強盗のスキをついて、
サトウに何か
紙片のようなものを渡した。
そして、小さな声で
つぶやいた。

お前に借りてた一万円だ。これで、ちゃんと返したからな

神対応

「あの娘は、接客業には向いていない。この仕事を辞めてもらうのは、彼女のためでもあるんだ……」

ここは、郊外のファミレス。

時間は夜の十時を過ぎている。表の国道を流れるクルマのライトをながめながら、店長の青木《あおき》は、ぽつりとそうつぶやいた。

青木が言う彼女――レジの後ろで、体を縮めている大柄な女性が、ペコペコと小柄な女性に頭を下げている。

「すいません。ズスッ……」

学生アルバイトの高平育美《たかひらいくみ》が、ベソをかきながら、謝罪しているのだ。腰に両手をあて、育美を叱責しているのは、ホール主任の吉川純子《よしかわじゅんこ》だ。

「高平さん、何回教えたらわかるの!? 領収書を渡したら、レシートは渡しちゃダメだっていったでしょ！」

「すいません。すいません。ズスッ。ズスッ」

号泣しているのか鼻炎なのか、涙と一緒に鼻水まで流れ落ちる。

「汚い!! 接客業なんだから、風邪をひいているなら病院に行って早く治しなさいって言ってるでしょ！」

その様子を静かに観察していた青木は、

「気の毒だが、やっぱり高平くんには辞めてもらおう！」

と意を決した。

三ヵ月前に青木が育美を面接したとき、採用しても、今のような状態になるであろうことは、はっきりと予測できた。短時間の面接でも、育美のニブさは十分に伝わってきた。通常なら、不採用だ。

ところが、夜間勤務のシフトを嫌がるバイトが多く、その穴を埋めるために、やむを得ず採用したのだ。

予想通り、実際の仕事の場においても、育美は要領が悪く仕事の覚えも遅かった。

彼女は、ホール担当なのだが、ドタバタとムダな動きも多い。大柄なことが、よりいっそう育美の動きを遅く見せ、それが周囲の人々をイラつかせる原因になっているのは明白だ。

現に今も、来店した客を誘導しながら、通路にいる客に気づかず、大きな体をぶつけてしまい、大あわてで謝っている。

正直、ここまでの戦力外とは思わなかった。彼女に悪気がないことは、十二分にわかっている。それに、彼女を見てイライラしてしまうことのすべてが、彼女の責任であるとも思わない。それでも、彼女は足手まといだ。他のスタッフの士気にも関わる。

そんなことを考えていたとき、青木の視線が無意識に出入り口へ流れ、来店客を確認した。瞬間、青木の端正な顔が歪《ゆが》んだ。

五十すぎの体格のがっしりとした男が、寄りかかるようにドアを乱暴に押し開け入ってきた。酒に酔ったような赤ら顔、何か獲物を狙うような表情……。正直、苦手なタイプだ。こういう客には、文句を言うきっかけすら作らないよう、細心の注意を払わなければならない。接客のプロである青木は、少しのスキも見せないよう丁寧に会釈をした。

「いらっしゃいませ。お好きなお席にどうぞ」

そして、手のひらで店内へ誘導した。

男は大きく足を広げ、座席にふんぞり返った。

「お客様は神様だ。神様のご来店だぞ！　オーダー取りにこ～い！」

「はいお客様、ただ今うかがいます！」

ベテランの吉川純子がすかさず対応する。青木は、吉川のテキパキした仕事ぶりに頼もしささえ感じている。

「彼女に任せておけば、大丈夫だろう」

青木の緊張が少しゆるんだ。

「お客様。ご注文は、お決まりになりましたでしょうか？」

吉川がオーダー用の端末機械を手にしながら、冷静に対応した。

「俺さ、オムライスが好きだろ？　真っ赤なケチャップ、ドボドボかけて持って来てくれ」

「お客様、当店のオムライスは、ケチャップではなく、デミグラスソースになりますが、それでも、よろしいでしょうか？」

「何だ、その、何とかソースってのは、俺をバカにしてんのか!?　さっさとケチャップかけて持ってこい！」

「失礼いたしました。では、ケチャップでご対応させていただきます」

「なんだ、できるんじゃねーか。できるのに、何で口答えばっかりしてやらねーんだよ！　このアマ、ガタガタ文句言いやがって。お客様は、神様だろ！　神様に文句つけてるんじゃねぇよ‼」

男の怒声に、店中の客が不快感を示している。

青木の嫌な予感が的中してしまった。

――すぐに、なんとかしなければ……。

マニュアルのいくつかの項目を頭の中に浮かべた。そんな青木に、困り果てた吉川が、目で救いを求めている。お客ばかりに気を使えばいいわけではない。対応を誤れば、従業員からの信頼を失ってしまう。

青木が対応を迷っている間にも、その男の横暴ぶりは、ますますエスカレートしていった。

「おらっ！　お客様は神様だろうが、神様の言うことを聞けないのか！」

ドーン！　と、両足をテーブルの上に投げ出した。

「……！」

難しい客に慣れているはずの吉川すら、フリーズした。店内の空気が凍りついた。

青木は意を決し、男の席に向かい歩み始めた。

そのとき、育美がふらふらと、男に近づいていくのが見えた。そして、こう話しかけた。

「お、お客様……」

大柄な育美に声をかけられ、男はちょっとたじろいだ。

吉川も、このタイミングでの育美の出現に驚いた様子だった。

青木は、男の怒りに油が注がれるのでは、と緊張した。

「お客様〜、ズスッ」

「な、なんだ、この大女、お前も神様に文句があるのか！」

男は立ち上がり、今にも殴りかからんばかりの勢いで、育美の顔をにらみつけた。

育美は、ゆっくりと、こう答えた。

「神様……」

「なんでぇ！」

「神様、恐縮ですが、お静かに願います。他の神様のご迷惑になりますので……」

男の顔が、みるみるうちに真っ赤になる。そして、爆発寸前まで膨らんだように見えた。緊張感が極限まで高まる。そして男が——豪快に吹き出した。

顔を赤くしていたのは、どうやら笑いをガマンしていたらしい。

「ねえちゃん、うまいこと言うなぁ。そう言われちゃ、謝るしかないな」

他のお客も、店員も、全員が大笑いした。青木も、笑った。

神様への素晴らしい対応——。

その後、男はケチャップのせのオムライスを美味しそうに食べ、謝りながら上機嫌で帰っていった。

店のドアが閉じたとたん、極度の緊張が解けたからか、吉川純子の目から思わず涙がこぼれ落ちた。

「高平さん、ありがとう。あなたのお陰で助かったわ」

小柄な吉川が、半泣きしながら、ペコペコと大柄な育美に頭を下げた。

「そんなぁ〜、照れます」

青木も、吉川と一緒に頭を下げたい気持ちだった。お礼の意味だけではなく、「辞めてもらおう」などと考えてしまったことに対しても。青木は、今夜の小さな事件で、育美を見直した。育美は、愚鈍なんかじゃなくて、ただおっとりしているだけなのだ。それに対してイライラしてしまうのは、育美の問題などではなく、イライラする側の問題なのだ。

考えてみれば、育美がグチや不平をもらすのを聞いたことがない。人の悪口を言う光景を、一度も見たことがない。おだやかで優しい。こういう人間こそ、「品がある人」と言うのだろう。

その夜、育美のバイト終わりに、青木はこう話しかけた。

「高平くん、君はうちの店になくてはならない人だ。これからもよろしく」

育美は、おっとりとした口調で答えた。

「は〜い、よろしくお願いいたします〜」

（作　おかのきんや）

すご腕のセールスマン

マイクは、生前、ものすごいセールス技術で、
営業成績を伸ばしたセールスマンであった。
彼のセールス技術の特徴は、
話の技術ではなく、足ワザにあった。
「セールスお断り」と、
ドアが閉められそうになる瞬間、
安全グツを挟み、
ドアを閉められなくするのだ。
その方法ゆえ、マイクは、
「悪徳セールスマン」と言われることも多かった。
そんな彼が死んだ。気づいたときには、
彼は、天国の階段を昇っていた。

マイクが天国の扉を開けようとすると、
扉が半分だけ開かれ、
神のような風貌をした者が現れた。
神は、名簿のようなものと
マイクの顔を見比べて、
冷たい口調で言った。
「お前はこちらではない。
残念ながら、お前は、階段を
下に向かうのだ。
立ち去るがよい」
そして、扉を閉じようとした——。
その瞬間、マイクは
足を扉に挟み込んで、
強引に扉を開けた。
今では、マイクは天国の住人である。

公正な裁判長

B社に特許を侵害されたとして、A社が訴訟を起こした。

次世代の医療現場を担うと目された最新ロボットに搭載するシステムを無断で応用されたとA社が主張し、B社はこれを、「いいや自社で開発した技術だ。A社の技術など、何も参考にしていない」と、真っ向から否定した。

そして、両者一歩も譲らず、争いは裁判所に持ち込まれることとなったのだ。

「この裁判に負けたら、我が社は終わりだ。なんとかなりませんか？」

A社の経営陣は、顧問弁護士にすがりついた。すると弁護士は、「これは奥の手ですが……」と前置きしたのち、小声で経営陣に提案した。

「今回の案件を裁く裁判長ですが、じつは黒い噂がありましてね……。それ相応の金を払えば、払った側に有利な判決を下すというんです」

「それは、つまり……裁判長を買収するということですか？」

弁護士はうなずきこそしなかったが、固く結ばれた唇が、先ほどの言葉が真実であることを告げていた。

こうしてA社は裁判で勝つために、裏金工作することを決意した。噂の裁判長の自宅に現金百万ドルを届けたのだ。クリスマスが間近に迫るなか、赤と緑の包装紙にくるまれ、金色のリボンをかけられた百万ドルは、どこからどう見ても、誰かから贈られた、幸せを届けるクリスマスプレゼントだった。

はたして、クリスマスプレゼントは受け取ってもらえるのだろうか……。A社の経営陣が不安な毎日を過ごしていたある日、その裁判長からA社に電話がかかってきた。「今すぐに来てほしい」と言われた経営陣は、自分たちの運命がどう転ぶか、生きた心地がしないままに裁判長から指定された場所を訪れたのだった。

「うちにこんなものが届きました」

やってきたA社の経営陣を前に、裁判長はそう言って、ひと抱えある箱を出した。

「なかなか考えたものですね」

静かな怒りを含んだ声を経営陣に向けて、裁判長がテーブルの上に何かを放るように置く。

それは、ぐしゃぐしゃにされた赤と緑の包装紙、そして金色のリボンだった。

すっかり縮こまってしまった経営陣を、裁判長がひとにらみする。

「私に、よくない噂があることは知っています。しかし、私は公正な裁判官です。こんなものを受け取って、ひいきするわけにはいきません」

そう言って、包装紙とリボンをはぎ取られた箱を叩く。経営陣は責め立てられたように、一様に顔を下げた。

「あなた方も技術者ならば、自社の技術で相手と張り合うべきではないですか？　こんな裏工作をしている時間と金があるなら、その分を技術開発にそそげばいい。今回の件で、特許が自社にあると自信をおもちなら、こんな小細工をする必要もないでしょう。これを持って出ていってください」

裁判長が、テーブルの上に置いた箱を経営陣のほうへ押し出す。はずかしめを受けた経営陣は、屈辱に顔をゆがませて、箱に手を伸ばした。

と、箱を持ち上げた一人が、ふいに眉間に縦ジワを寄せた。彼は、この箱を裁判長の自宅に送り届けた張本人であった。そのときに持っていった箱の重さと、今の箱の重さが、明らかに違っていたのである。

「軽い」

男はつぶやいて、箱を再び机に戻した。裁判長の見ている目の前で箱を開け、中をのぞき、そうして男は眉間のシワをいっそう深くした。

百万ドル——十万ドルの束を十個入れて送ったはずの箱の中には、十万ドルの束が二つしか入っていなかった。

「これは、どういうことですか？」

今度は、A社の経営陣が声を低めて裁判長を詰問する番だった。

「我々があなたに送ったのは、百万ドルのはずです。なのに今、ここには二十万ドルしかない。あなたは、八十万ドルを着服したんじゃないですか」

経営陣はテーブル越しに、鋭い視線を裁判長にそそいだ。しかし、迫られた裁判長は悪びれる様子もなく、笑みさえ浮かべてこう言ったのである。

「じつは、あなた方からこの贈り物が届いた直後に、B社からも同じような小包が届きましてね。開けると札束が八十万ドル分、入っていました。だから、あなた方には二十万ドルをお返しするんですよ。両者から八十万ドルずついただいていますから、条件は同じです。これで公正な裁判ができます」


（作　桃戸ハル、橘つばさ）

無情な声

僕は、ランプから現れた魔神に言った。

「あいつを…僕の父親を、この世から消してくれ！」

数年前まで、父と母、そして僕の親子三人は、仲睦まじい家族だった。

しかし、ある時から、父親が酒を飲み、家族に暴力を振るうようになったのだ。

父親とは対照的に、父の弟である叔父さんは、僕らに優しく、父の暴力から僕らを守ってくれた。

母は、むしろ叔父さんと結婚すればよかった。

父親が、二人の幸せの邪魔をしているんだ。

あるとき、父親がまた、母親に暴力を振るった。

僕は、ランプから現れた魔神に言った。

しかし、僕の願いは聞き届けられることはなかった。
父親は、今もお酒を飲んで暴れている。
僕は、ふたたび魔神を呼び出して言った。
「約束が違うじゃないか！」
魔神の表情はうかがい知ることはできない。
しかし、おそらく無表情で――
そんなことを想像させる声色《こわいろ》で、僕に告げた。
「約束は、きちんと守らせていただいていますよ」
魔神が消えたのと同じタイミングで、
家の電話が鳴る。電話を受けた母親は、
相手の話を聞いて泣き崩れた。
代わりに、僕が用件を聞いた。
叔父さんが運転するクルマが、
トラックと正面衝突し、叔父さんが亡くなったと、
電話口の向こうで、警察官が事務的な声で僕に告げた。
父親の死を願ったのに、なぜ叔父さんが死んだのだろう……。

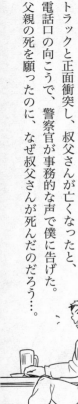

夢の中の殺人者

「また、こんなに遅くなっちゃった……」

真希《まき》は、ため息をつきながら電車を降りた。

入社一年目の真希は、営業職という仕事がら、取引先の人とのつきあいが多く、この日も家に帰るのが終電、という時間になってしまった。

まだ仕事にも慣れておらず、覚えることも多い。仕事に慣れようと思えば思うほど心身の疲労は蓄積していく。

「たまには早く帰って、たっぷり寝たい……」

真希は、とぼとぼと駅の階段を下りた。

郊外にぽつんと存在するその駅は、利用する客が少ない。まして深夜一時を過ぎる終電で降りる人は数えるほどしかいない。

真希は、繁華街とは反対側の出口から出ると、駅前の噴水のある広場を突っ切り、大通り沿いを歩いた。そのあたりは、人通りは少ないが、クルマの通りがあり、街灯も明るく照らしているから、比較的安全だろうと思えたのだ。

しかし、大通りから一本入ると、がらっと雰囲気が変わる。街灯の明かりはたよりなく、暗く沈んでいて、あたりはしーんと静まりかえっていた。

民家が並ぶゆるやかな上り坂で、昼間ならいたって平穏なところなのだが、夜は手の平を返したように冷たい表情を見せていた。

真希は、足がすくんだ。

「やっぱり、パパに迎えに来てもらえばよかったかな」

真希の父はサラリーマンで、朝の出勤が早い。深夜一時すぎでは、きっともう寝ている時間だろう。もちろん、電話をすれば、クルマで迎えに来てくれるに違いない。だが、父に無理をさせるのは申し訳ないと思った。

「せいぜい十分の道のり。早く帰ろう……」

真希は余計なことを考えないようにして、ただ前だけを見て黙々と坂道を上りはじめた。

こんな時間だと、前から来る人もいなければ、後ろから来る人もいない。真希の乾いた靴音だけが通りに響いた。

坂道の途中、右手に墓地があらわれる。真希は、できるだけそちらを見ないようにして、足早に通り過ぎた。

坂を上りきると、左手に小さな公園がある。公園は高い木立に囲まれ、中は漆黒の闇に沈んでいる。

「ふぅ、あともう少しだ……」

と、そのとき、公園を過ぎて角を曲がったあたりで、スタッ、スタッ、スタッ……、と誰かが後ろからついてくる気配がした。

真希は立ち止まって振り返ってみた。しかし、そこには誰もいない。

――気のせいかな……。

ほっとして、また歩きはじめた。

が、よく耳をすませると、やはり自分のものとは明らかに違う靴音が、一定のリズムでついてくる。

スタッ、スタッ、スタッ……。

もう一度、立ち止まり、後ろを振り返る。角からぬっと人影があらわれた。そして、そのままの勢いで、こちらに向かってくる。

「えっ、何!?」

真希は、早足で歩きだした。すると、それにつられるように、スタッ、スタッ、スタッ……というシューズ音とともに、ハー、ハー、ハーという男の息づかいがどんどん近づいてきた。

真希にとって運が悪いことに、公園のあとの角を曲がってからは、駐車場と畑にはさまれた一本道で、民家が一軒もない。街灯もなく、ほとんど足元も見えない。こんなところでは、なにかあっても、助けがない。

真希は、走るしかないと思った。追っ手をまこうと思ったのだ。ヒールのあるパンプスだったので、何度も転びそうになったが、なんとかバランスをとりながら、闇の中を懸命に走った。

ところが、その距離は離れるどころか、むしろ近づいているようだった。ハー、ハー、ハーという男の息づかいが、より激しく、耳元に迫ってくる。

呼吸が苦しくなった。もうダメ……。

そのとき、一本道をぬけ、住宅街の明かりがあらわれた。真希の自宅だ。

「助かった……」

と、ほっとした、その瞬間のできごとであった。

真希の上半身は背後から押さえつけられ、のどに熱いものが走った。呼吸をするたびに、のどがヒューヒューと鳴り、「助けて」、という声さえも、声にならなくなった。逃げようとして、なんとかもがいて、後ろを振り向く。うすれゆく視界が、細くつり上がった目をした不気味な男の冷たいうすら笑いと、大量の血のしたたるナイフをとらえた……。

「――――！」

大きな悲鳴が聞こえた。

真希は、自分の声で目が覚めた。

「なんだ、夢か……」

心臓がドキドキし、目からは大粒の涙がこぼれていた。全身に汗をかき、パジャマはぐっしょり濡れていた。

「……よかった。声が出る」

夢とは思えない、その鮮明な映像は、まだ脳裏に焼きついている。

背後から走り寄り、羽交《はが》い締めにした男が、真希の喉を鋭いナイフで切り裂き、血が噴き出す。真希は、声を出したいのに出せず、苦しみもだえながら倒れる。うすれゆく視界には、不気味なうすら笑いを浮かべる男……。

真希は、恐ろしい夢の情景を再生し直していた。ハー、ハー、ハー、ハー……という男の息づかいが、まだ生々しく耳元にこびりついていた。

「なんで、こんな恐ろしい夢を見たのかしら……」

時計を見ると、まだ夜中の三時だった。

真希は、パジャマを着替え、もう一度眠りについた。

翌日の真希は、やはり朝から晩まで、時間に追われるように仕事をした。もともと、その日は定時で帰れる予定だったが、急に取引先から連絡が入り、納品の手違いに対応しなければならなくなったのだ。

結局、納品作業を終えたときには、深夜十二時近くになっていた。真希はぎりぎりで終電に飛び乗り、帰宅の途についた。自宅のある駅に着いたのは深夜一時過ぎ。終電で降りる客は数えるほどだった。

真希は、いつものように繁華街とは反対側の出口を利用し、とぼとぼと階段を下りた。駅前の噴水のある広場を突っ切り、大通り沿いを歩く。

それから小道に入る。街灯の明かりはたよりなく、暗く沈んでいて、あたりはしーんと静まりかえっている。

真希は、足がすくんだ。

「……やっぱり、パパに迎えに来てもらえばよかったかな」

そう思った。しかし、父に無理をさせるのは申し訳ない。

「せいぜい十分の道のり。早く帰ろう……」

真希は、ただ前だけを見て、暗い坂道を黙々と上りはじめた。

前から来る人もいなければ、後ろから来る人もいない。真希の乾いた靴音だけが通りに響いている。

坂道の途中にある右手の墓地の前を足早に通り過ぎ、それから、坂を上りきったところにある左手の公園の前を通り過ぎた。公園は高い木立に囲まれ、中は漆黒の闇に沈んでいた。

「ふぅ。あともう少しだ……」

と、そのとき、公園を過ぎて角を曲がったあたりで、スタッ、スタッ、スタッ……、と誰かが後ろからついてくる気配がした。

真希は立ち止まって振り返ってみた。しかし、そこには誰もいない。

——気のせいかな……。

ほっとして、また歩きはじめた。が、よく耳をすませると、やはり自分のものとは明らかに違う靴音が、一定のリズムでついてくる。

スタッ、スタッ、スタッ……。

もう一度、立ち止まり、後ろを振り返る。すると、角からぬっと人影があらわれた。そして、そのままの勢いで、こちらに向かってきた。

「えっ、何!?」

そのときだ。真希の頭の中で、昨晩見た夢の記憶が鮮明に蘇った。

真希は、早足で歩きだした。すると、それにつられるように、スタッ、スタッ、スタッ……というシューズ音とともに、ハー、ハー、ハーという男の息づかいがどんどん近づいてきた。

すでに、駐車場と畑にはさまれた一本道に入っており、周りには民家が一軒もなかった。街灯もなく、ほとんど足元も見えなかった。なにかあっても、声を上げても、助けはないのだ。

「……なんで!? 夢と同じじゃない！」

真希は、走るしかないと思った。追っ手をまこうと思ったのだ。ヒールのあるパンプスのせいで、何度も転びそうになりながらも、なんとかバランスをとって懸命に走った。

ところが、その距離は離れるどころか、むしろどんどん近づいてくる。ハー、ハー、ハーという男の息づかいが、より激しく、耳元に迫ってくる。

呼吸が苦しくなった。もうダメ……。

そのとき、一本道をぬけ、住宅街の明かりがあらわれた。真希の自宅だ。

「助かった……」

と、ほっとした。

そのとき、ぬっと大きな人影があらわれた。真希はびくっとしたが、目の前に姿を現したのは父だった。

「……パパ！」

真希は大きく手を振った。

「おい、急に電話してきて、どうした？」

真希は、息を切らしながら、倒れ込むように父の胸に顔をうずめた。真希は、途中、スマホで父を呼び出していたのだ。

「ああ、助かった……」

そのとき、ハー、ハー、ハー……という息づかいがして、男が真希のすぐうしろを通り過ぎようとするのがわかった。何事も起きなかった。

夢と同じような状況だったから、勘違いしただけか……。真希がそう思った瞬間、男は去り際に、小さな声で言った。

「……なんだよ、夢と違うじゃねぇか」

（原案　都市伝説、翻案　蔵間サキ）

超能力者の決断

男はテレキネシス（念動力）をもった、
超能力者であった。
しかし、能力を封印して
静かに暮らしていた。
その夜、国道の暗い道を
歩いていた男は、
道路を横断しようとして
転んでいる少女を見た。
そのとき、猛スピードで接近する
二つのヘッドライトの光が、
少女を照らした。
男は、能力を解放する決意をした。

二つのヘッドライトは、
ピタリと静止した。
少女は泣いてはいるが、
怪我はないようだ。
ヘッドライトは
クルマのものではなかった。
急停止させられた二台のオートバイから
投げ出された
二人の運転者は、
勢いよく道路に
転がった。
身体を強く
打ちつけたのか、
彼らの首は
へんな方向に
曲がっていた。

ダイヤの価値

目の前に差し出されたものを、女は信じられない思いで見つめた。

「こ、これって……」

「俺と、結婚してくださいっ！」

両手で小箱を差し出したまま、男が腰を直角に折って頭を下げる。小箱の中には、指輪がひとつ納まっていた。指輪の真ん中では一粒の透明な宝石が、虹色の輝きを放っている。

「これって、ダイヤモンドでしょ？」

「だって、プロポーズっていったら、ダイヤの指輪だろ？　俺、古いかな？」

男は、はにかんだ微笑みを浮かべて、愛おしそうに女を見つめた。見つめられた女は、まぶしそうに目を細めて、ふたたび小箱の中の指輪に視線を落とす。

「でも、高かったんじゃ……」

「いいんだよ、そんなこと気にしなくて。俺が、贈りたくて贈ってるんだから。それに俺、必ず近いうちに、そのダイヤが高いとは思えないような人間になるから」

自信満々に微笑む男を見て、女は、胸の奥が心地よく締めつけられるような感覚を覚えた。

女にとっても、男は愛おしい存在だった。男は役者の仕事をしているが、けっして売れているとは言えず、日々の食事やデートも贅沢はできない。それでも、女は男を愛していたし、これからも一緒に生きていきたいと心の底から想っていた。金がなくても、お互いがいれば十分だった。

だからこそ、こんな大きなダイヤモンドがついた指輪を買えるほどの金が男の手もとにあったことに驚いた。

「しかもこれ、ホーリージュエリーの指輪よね？　有名ブランドじゃない……」

小箱に描かれたロゴを見て、女は声にとまどいの色をにじませた。

白い箱に金色で箔押しされたロゴは、高品質な宝石を取り扱うことで有名なジュエリーメーカーのものだった。そこのダイヤモンドとなれば、間違いなく高価な一級品だ。昔ならともかく、今は売れない役者である彼の手が届く代物ではないだろう。

そんな疑問を女の顔から読み取ったのか、男は少しだけ恥ずかしそうに微笑んだ。

「いろいろと心配かけて、ごめんね。俺がもっと器用にやれたら、きみを不安にさせることもなかったのに……」

ふいに、苦くてすっぱいものが、男の口の中に広がった。

男は、今でこそ売れない役者だが、こうなる前は、とある事務所の男性アイドルグループに所属していた。そのころは、女性を中心に多数のファンがいて、毎日のように黄色い声援を浴びながら歌っては、自分が「勝ち組」の人間であることを信じて疑わなかった。

しかしある日、所属する事務所との間で摩擦が生じた。

グループに与えられた五曲目の新曲に対して、男が、「ここをこうしたら、もっとよくなるはず」「振りつけは俺が考えたい。いいアイデアがあるんです」と意見を言ったところ、事務所に全面否定されてしまったのだ。

「お前、最近、調子に乗りすぎだよ。わかってないみたいだから教えてやるけど、今、お前に才能があるわけじゃない。このグループにいるからこそ、存在価値があるんだ。ファンだって、お前についてるわけじゃなくて、グループについてるんだ。将来、お前の才能が開花する可能性だってある。お前の努力しだいだがな。でも、断言するが、今のお前に才能なんてない。お前は、このグループの外に出たら、一瞬で存在価値がなくなるはずだ。変にアーティストぶるな。うぬぼれるな！」

事務所とは、そのままケンカに発展し、男は勢いで、「だったらこんな事務所も、グループもやめてやるよ！」と啖呵《たんか》を切った。

「グループの名前なんか関係ない！　一人で輝けるってのを見せてやる！　俺は俺自身の名前と力で成功してやるよ!!」

そう宣言して男はアイドルグループを脱退し、以前から興味のあった役者の世界に飛びこんだ。アイドルグループの一人でいるよりも、唯一無二の役者になって輝こうと決意して。

しかし男は、今度はドラマや映画、演劇の演出家から罵声を浴びせられることになった。

「元アイドルだかなんだか知らねぇが、お前は出しゃばりすぎなんだよ！　昨日今日、芝居を始めたようなド素人が、生意気に『自分』を出そうとしてんじゃねぇ！　お前が『個性』を語ろうなんざ、百年早い！　お前は頭も身体も空っぽにして、与えられた役を演じることだけに集中しろ!!」

男は、演出家のその言葉に納得できなかった。自分を空っぽにするだなんて——外側だけで中身の伴わない自分になって人前に立つだなんて、それでは本当に「自分」という人間に価値がないみたいだ。外側さえよければいいだなんて、そんなバカな話があってたまるか。

そんな気持ちが演技に出ていたのかもしれない。結局、どう演じればいいのか正解を見つけられないまま、男は、演出家に嫌がられ役を降板することが続き、それ以来、鳴かず飛ばずの三流役者という烙印を押されてしまった。アイドルグループにいたときは毎日のように声援を浴びていたのに、今ではアルバイト先の居酒屋とカラオケ店で、酔った客から文句を浴びせられる毎日である。

そして、居酒屋にあるテレビやカラオケ店の客室から、自分が脱退したあとのグループの華やかな曲が聞こえてくるたび、胃の底から苦くてすっぱいものが、口いっぱいに込み上げてくるのだ。男が抜けたあとも、あのグループの人気は落ちるどころか、「最近、メンバー同士のまとまりがよくなった」と、ますます知名度を上げている。

人として腐ってもおかしくない出来事のオンパレードだったが、男は、なんとか自分を保つことができた。それは、アイドルグループを脱退したあとも見放さず、そばにいてくれた恋人のおかげにほかならなかった。今までさんざん迷惑をかけたぶん、自分が彼女を幸せにしたい。そう強く思うようになった男は、清水《きよみず》の舞台から飛び降りるつもりで、一生に一度の買い物をしたのだった。

「まだまだ演技のしかたに迷ってて、なかなか役者の仕事がなかったから……きみに内緒でバイトを増やして、お金を貯めてたんだ。きみの喜ぶ顔が見たくて」

そう言うと男は、無骨な指で小箱から指輪を抜き取り、もう片方の手を女に差し出した。女はその手に、自分の左手をそっと預ける。男が買ったダイヤの指輪は、女のほっそりとした薬指にピタリとはまった。まるで、最初から彼女のもとにやってくることをわかっていたかのように。

「今まで迷惑ばっかりかけてきたけど、これからは、きみを幸せにできるように、もっともっと努力する。必ず、有名な役者になるよ。だから、俺と、結婚してくれる？」

男が重ねた問いかけに、女は何度もうなずいた。その拍子にこぼれた涙が指のダイヤモンドに弾けて、そこからあふれた鮮やかな虹色の光が、二人を祝福するかのように包みこむ。その光の中で、二人は強く抱き合った。

女は思う。転落したアイドルだろうが、売れない役者だろうが、関係ない。この人さえいれば、高価な指輪なんて、別になくてよかった。それでも、自分のために一生懸命働いて彼が贈ってくれた指輪は、やはり特別の重みがある。

「ありがとう。このダイヤ、一生、大切にするね」

「俺にとって、きみこそがダイヤだよ。一生大切にする」

＊　＊　＊

「一生、大切にするね」と、涙を流しながら彼女は喜んでくれた。それはとても美しく、華やかな笑顔だった。
やっぱり、自分のしたことは間違っていなかったんだ。男はそう確信して、スマホを取り出した。メールの受信ボックスを開き、数日前に届いていたメールに返信を始める。
——出品者様へ
先日、購入させていただいた商品を、彼女にプレゼントしました。とても喜んでくれて、いい買い物をしたと実感できました。プロポーズ大成功です。ありがとうございました。


そのメールを送信してスマホをポケットにしまう男の顔は、晴れやかだった。

「いい買い物だったな。初めてネットオークションを使ったけど、本当に、いろんなものが安く買えるんだな。やっぱり、新品にこだわる必要もなかったんだ」

そうつぶやいたとき、男を呼ぶ声が上がった。「はい！」と腹の底から応えて、男は稽古場へ駆け出す。次に芝居の表舞台に立てるのが、いつになるかはわからないが、自分は彼女と結婚するのだ。そのためなら、頭と身体をぜんぶ空っぽにしてでも、役になりきって「仕事」を成功させなければならない。彼女との未来のためにも。

彼女に指輪を買いたくて、アルバイトを増やしたのは本当だ。しかし、芝居の稽古を減らしすぎれば、役者の仕事を得られなくなる。一定の稽古時間の確保は絶対不可欠だった。だから、昼夜を問わずアルバイトに明け暮れることは、できなかった。

結果、中途半端なアルバイトで貯まった金では、とてもではないがホーリージュエリーなんて一流ブランドの婚約指輪を買うことなどできなかった。男が自力で買うことができたのは、ノーブランドで安価な人工ダイヤの指輪だけだ。

でも、こんな指輪を渡して、「結婚してくれ」なんて言っても、収入が安定しない役者の仕事に不安を覚えて、プロポーズを断られてしまうかもしれない。それだけは嫌だ。こんな自分と一緒にいてくれるたった一人の彼女を失うなんて、男には考えられなかった。

そこで男は、ネットオークションを利用することにした。そこで見つけたのが、男のアルバイト代でも手の届く、あの中古品だったというわけだ。


——一流のジュエリーメーカー・ホーリージュエリーの指輪が入っていた箱を出品します。

（※指輪はセットではありません。箱のみのお届けになります）

この箱に入れて渡せば、どんな安物の指輪も一級品のように輝くこと間違いなし！

プレゼントの箱として、いかがですか？


そうして手に入れた、一流ジュエリーブランドの空箱——の中古品に、安価な人工ダイヤを入れ、男は彼女に贈った。彼女の目に、あの箱のロゴは一流のものとして輝いて見えたはずだ。

——外側さえよければいいだなんて、そんなバカな話があってたまるか。

かつてはそう思った男だったが、今となっては、納得せざるを得ない。

自分が声援を浴びることができていたのは——輝くことができていたのは、人気アイドルグループという、きらびやかな「箱」の中にいたからこそ。世間が見ているのは、その「箱」だけで、中にいる自分になんて、たいした価値はなかったのだ。

だから、一流ブランドの「箱」という見栄えのいい外側を失った自分が、「自分」という中身だけで勝負するなんてことは——そもそも、最初から中身が伴っていなかったわけで——あの演出家の言っていたとおり、百年早い話だったのだ。

さすが、経験のある演出家は、いいアドバイスをくれる。

（作 橘つばさ）

恋のジンクス

私の憧れの男性は、
同じ空手部の主将を務める大山《おおやま》先輩だ。
大山先輩に今、彼女がいないのは間違いない。
しかし、先輩は「空手一筋」の人だから
恋愛に関心があるかはわからない。
私は、先輩を公園に誘った。
この公園の噴水の前で、腕を組んで写真を撮ると
「恋が成就する」というジンクスがあるからだ。
「先輩、腕を組んでもらって
写真を撮ってもいいですか？」
私は、思い切って尋ねた。
「そんなこと、お安いご用だ」
先輩は、快活に言ってくれた。

やっぱり、先輩の頭の中には、
「恋愛」という文字はないのだろうか。
先輩は、一人で腕を組んで、
仁王立ちしたのだ。
私は少し悲しく、そして恥ずかしくなった。
それでも私は、ジンクスを信じて、
勇気を振り絞って先輩に告白した。
「先輩、私と付き合ってください！」
先輩は、私の頭をなでながら、
明るく答えてくれた。
「わかった。俺も嬉しいぞ！」
しかし私は、
自分の気持ちがきちんと届いたか不安になった。
先輩が、こんなことを言ったからだ。
「いつでも突き合う準備はできてるぞ！
まずは、正拳突きでこい！」

思い出話

「久しぶりだなぁ。狭いけど、まぁ座ってよ」

僕がそう言うと、真向いに座ったヨシオは、昔と変わらない声で笑った。

「嬉しいよ。俺のことを覚えててくれて」

「当たり前だよ、高校の三年間、同じクラスだったんだから。あ、お茶でも飲む？」

「あぁ、ありがとう。いただこうかな」

僕は冷たいお茶をコップに注ぎ、ヨシオの前に置いた。

ヨシオは、爽やかに笑ってもう一度お礼を言うと、お茶を口にした。

ヨシオは、ふだんから外国に行っているせいか、肌が日に焼けている。キレイに整った歯は白く、スーツも海外の高級ブランドのものなので、まるで映画俳優のようなたたずまいだ。

それに比べて、今の僕が着ている服は、安物のシャツに、よれよれのスーツ。

彼と向き合っていると、なんだか恥ずかしくなってきてしまう。

「ほんと偶然だよね、まさかヨシオに会うなんて」

今から数十分ほど前のことだ。僕が昼食を買いにコンビニに行こうとした時に、ビルの前でスマホをいじっているヨシオを見かけた。僕は思わず声をかけて、少し話をすることになったのだ。

「俺もビックリしたよ。最初、コウヘイだって気づかなかった」

「ヨシオは何してたの？　仕事？」

「いや、今日は休み。ここらへん初めて来たから、昼飯を食う場所を探してたんだよ」

「あ、まだ昼ご飯食べてないの？　ごめん、腹へってるよね」

「いやいや、大丈夫だよ」

僕は、食べ物の話が出たついでに、話題を変えた。

「そういえばさ、タケユキから話を聞いたんだよ」

「タケユキ？」

「ほら、テニス部のタケユキ」

「あぁ、あのタケユキか」

「そうそう。で、そのタケユキから聞いたんだけどさ。ヨシオは高校を卒業してから、すぐにフランスに行って、料理人の修業をしてたんだって？」

「そうだよ。おかげ様で、今は料理人として頑張ってるよ」

「おかげ様って変じゃない？　自分の努力の結果だろ？」

「いや、実は、ずっとコウヘイにお礼を言いたかったんだ」

「僕に？　どうして？」

お礼とは、一体どういうことだろう。僕は思い当たるふしがないので、思わず身を乗り出してしまった。

「俺、高校の頃、料理が趣味だって言ってただろ？」

「うん、弁当も自分の手作りだったよね」

「でも、あの頃は、『料理が趣味って言って、モテたいだけなんだろ？』って、よく周りからからかわれてたよ」

ヨシオは、昔を懐かしむように、微笑んでいる。

「でも、コウヘイは、俺の趣味が料理って聞いて、学園祭で屋台のリーダーに俺を推薦してくれただろ。あの時、すごく嬉しかったんだ」

「僕はただ、料理上手なヨシオなら、きっと成功すると思っただけだよ。現に君がプロデュースした焼きそばは、絶品だったし」

「コウヘイが推薦してくれたおかげで、俺は自分の料理で人が笑顔になる嬉しさを知ったんだよ。だから、料理人になる決意もできた。本当に感謝してる」

「……そっか。それなら、僕も君にお礼を言わないと」

「どうして？」

「僕、小さい頃からずっと人と話すのが苦手でさ、初対面の人なんて特にだめで。人と話す時に、目を見ることとすらできなかったんだ」

僕は引っ込み思案だった頃を思い出して、恥ずかしくて耳が熱くなった。

「そうだったな。入学したばかりの頃、教室の隅でじっとしてたもんな」

「そう。だから中学までずっと一人ぼっちだったんだ。でも、高校に入ったら、ヨシオが話しかけてくれて、いつも僕の話が面白いって言ってくれてたろ？」

「俺はただ、コウヘイの話が本当に面白くて、笑いながら聞いてただけだよ」

「でも僕は、そのおかげで人と話すことに自信がついて、今の仕事にも就くことができたんだと思うよ」

「ああ」とヨシオは曖昧に返事をしたあと、「ん？」と言って、僕の目を見た。

「それって、今のコウヘイの仕事に関係あるか？」

「うん。関係あるよ。中学の頃みたいに、相手の目が見られないようじゃ、仕事にならないし」

「そうか。やっぱり、そういうものか……」

僕たちが机を挟んで話していると、僕の後輩の竹川《たけかわ》が部屋に入ってきた。

「あれ？　先輩、この人は？」

「高校時代の同級生だよ。さっき偶然会ったから、ちょうど話してて」

「そんな、わざわざ署の中で話さなくてもいいじゃないですか」

そう言って笑った竹川は、服の袖をまくってから、「あっ」と声をあげて僕を見た。

「そうだよ。普通の世間話だったら、警察署でなんか話さないさ」

僕は、ヨシオに向き直った。

「まさか……コウヘイが、刑事になったなんて思わなかったよ」

ヨシオが苦笑いしながら、頭をかく。

竹川が聞いた。

「先輩……いったい、この人は何をしたんですか？」

「サギだよ。自分を高級レストランの料理人兼経営者と偽って、投資サギを働いていたんだ。間違ってる？」

僕はヨシオの目をじっと見て確認する。

「いや、俺はただの料理人で……」

「僕にもウソをつくのかい。ちゃんと調べはついてるんだよ。三年前までは、パイロットって名乗ってたそうだね？」

「……だから、俺に声をかけたのか？」

ヨシオは先ほどより目つきが鋭くなっている。

「逮捕状が出たときは、ヨシオが犯罪者なんて信じられなかったよ。だけど、さっき君と偶然再会して、目を見たときに、ウソをついているって確信したんだ」

ヨシオは日に焼けた顔を真っ青にして、ぐったりとうなだれた。

「ヨシオが僕に感謝しているって話はウソなんだろうけど、僕のは本当だよ。君のおかげで、人の目を見て話せるようになってよかったと思ってる」

この言葉で顔を上げたヨシオの目を見て、僕は言った。

「目を見れば、その人がウソをついているかわかるんだ。今日だけは、ウソなんてわかりたくなかったけどね」

（作　固布健生）

超人になった男

かつて、その男は、
超人になることを夢見ていた。
超人のように空を飛び、
困っている人のもとへ現れ、
そのような人たちを
助けたいと思っていたのだ。

超人になんかなれなかったし、
超人が来てくれることも
なかった——

職場でのイジメを苦にして、
ビルから飛び降りる前、
男は、そんなことを考えていた。

私

これから私が話すのは、私が住む学生寮で起こった事件の真実である。ある晩、私は同部屋の仲間三人と話していた。ひとしきり、くだらない雑談をしたところで、平田《ひらた》という男がこう切り出した。

「そういえば、この前、寮で盗難が起きているっていう噂を聞いたよ」

「いや、それ、噂じゃなくて事実らしいよ。しかも、犯人は寮生らしい」

と答えたのは、純朴な中村《なかむら》。

「なぜ、そうわかるんだい？」

と私が聞くと、樋口《ひぐち》が、声をひそめて言った。

「目撃者がいるんだよ。ついこの間、寮生の一人が自分の部屋に入ろうとしたら、中から急に誰かが飛び出してきて、その寮生を殴って逃げたそうだ。追いかけたが、そのまま見失った。引き返して自分の部屋を調べたら、タンスや机のひき出しが荒らされていたってさ」

「泥棒の顔は見たのかい？」

「いきなり殴られたもんだから顔は確認できなかったらしい。ただ泥棒は、赤いジャンパーを着ていたそうだよ」

「赤いジャンパー、か。まぁ、それだけじゃ、決め手とはならないがな」

と平田が言った。しかし、そう言いつつ、平田がちらりと私を見たことを、私は見逃さなかった。私も赤いジャンパーを持っている。平田は、私を犯人だと思っているに違いない。人に疑われることは、気分のいいものではない。だが、反発心をあらわにするのもみっともない。

私は、あえてさっぱりとした口調で言った。

「寮生だとすると、そう簡単には捕まらないだろう。それにしても、この寮の中にそういう奴がいるというのは、不愉快だな」

するとと、樋口が言った。

「これは秘密なんだが、盗難が多発しているのは、風呂の脱衣所なんだそうだ。これは委員から聞いたんだが、最近は寮生会の委員が二、三人、小さな穴から見張っているらしい」

「しかし、君が知っているくらいだから、もう犯人だってそれを知っているかもしれんぞ」

そう言って平田は、私をまたちらりと見た。私は思った。

——今の私のように人に疑われているような場合、真犯人と、本当は犯人ではない者とでは、感じることにどれだけの差があるものだろうか。

少なくとも私は、真犯人とまったく同じ孤独感を味わっていたからだ。

その日以来、周囲の視線が妙に気になるようになった。赤いジャンパーも、気苦労の種になった。着れば着たで、ある者は、「あれはもしかしたら」と私を疑うだろう。またある者は、疑ってはすまないと、私に気兼ねするに違いない。だからと言ってジャンパーを着なかったら、「ああ、やはり」という目で私を見る人も出てくるだろう。

平田を除けば、友人たちの多くは、友人である私を犯人だと思っていない。おそらく、「思いたくない」という気持ちなのだろう。相手を信じることは、「友情」にとって絶対条件だからだ。

仮に私が、賢明な泥棒ならば、できるだけ「友情」を傷つけないようにするべきだ。神様に見られても恥ずかしくない誠意をもって彼らに接し、こっそりと盗みをはたらくべきなのだ。

「盗みも友情も、どちらも本当です」

というのが、おそらく本物の泥棒なのだ。

それはさておき、ある日のこと、私は思い切って赤いジャンパーを着て、中村に言った。

「そういえば、まだ泥棒は捕まらないようだね」

「風呂場はあれっきりだけど、盗難自体は、今でもひんぱんに起こっているらしいよ。それと、風呂場の見張りの件をもらしたことで、樋口がこの前、寮の委員に怒られたそうだ」

「何で樋口が？」

「君にはずっと隠していたが、委員たちは、君を疑っているんだ。もちろん僕は疑っちゃいないよ。だからこそ、黙っていることがつらかった。悪く思わないでくれ」

「いや、構わないよ。お互い、もう心の中をすべて打ち明けようじゃないか」

「あぁ」

「それにしても、あの晩、風呂場の見張りについて樋口がしゃべったことを、誰が委員会に告げたんだ？」

「誓って言うが、僕じゃない」

中村は、あわてて首を振る。

「となると……」

私の言葉をさえぎるようにして、中村が言葉をはさむ。

「言わせないでくれ。僕もつらいんだ。僕は君の友人であると同時に、あいつの友人でもあるんだ。僕と樋口は昨夜、あいつと意見が対立して、ケンカしてしまった。一人の友人を守ろうとしたら、もう一人の友人をなくしてしまいそうだ。何でこんなことになるんだ？」

「そうか、すまない、君と樋口は、そこまで僕のことを思ってくれていたんだな」

私は、中村の手を取り、泣いた。中村も泣いていた。

人情の温かみを味わった気がした。私が、求めていたものは、まさにこれだった。

私は正直に、中村に打ち明けた。

「僕は、君らが思っているような、立派な人間じゃない。平田は僕を疑っているかもしれないが、僕はあの男のよさを知っている。僕のことはいいから、あいつと仲よくしてやってくれ。君たちがあいつと仲よくするほうが、僕は気持ちがいいんだよ」

中村は、私の手をつつんで、なおも泣いた。

その後も、盗難は続いた。その被害は、樋口と中村にも及んだ。

平田は、私に聞こえよがしに言った。

「とうとうあの二人までやられたか。まぁ、残る二人は、絶対に盗られっこないがな」

結局、平田の言う通りになった。平田は盗まれなかった。いや、より正確に言えば、盗まれそうにはなったが、平田はそれを寸前で阻止して犯人を捕まえたのだ。一方、私も盗まれなかった。私の場合は、盗まれそうにさえならなかった。なぜなら、犯人は私だったからだ。

「嘘つきは泥棒の始まり」などというが、すべての泥棒が嘘つきとは限らない。私は、この告白の中でも、友人たちとの会話の中でも、ただ一つの嘘もついていない。平田にも樋口にも中村にも、真実しか述べていない。

つまり私が言いたいのは、泥棒の心は、皆が思っているよりもずっと繊細で、正直だということだ。私は、泥棒かもしれないが、決して嘘つきなどではない！　ということだ。

（原作　谷崎潤一郎「私」　翻案　吉田順、蔵間サキ）

十年後

テストで高い点数をとるコツは何か？
それは、用意周到に勉強をすることではない。
そのテスト問題自体を、自分で作ることである――。
失敗し、逮捕される泥棒の多くが、その点を間違えている。
「怪盗Z」と呼ばれる私の表向きの職業は、建築士。
設計から施工までを行っている。
私の「盗み」は、この建築からはじまっている。
すなわち、建物をつくるときに、その建物の中に
秘密の通路を作り、身を隠す空間を作っておく。
今日も十年前に作った建物に、警備員を装い入り込み、
宝石を盗んで、秘密の通路へと逃げおおせた。
警察をあざわらうような見事な手口に、
刑事たちは、地団駄を踏んで悔しがった。

老朽化したビルが、取り壊されることになった。

解体作業中、作業員が、不思議そうにつぶやいた。

「このフロアだけ、なんか構造が変だな。上の階との間に、細い通路のようなものが存在しているぞ」

そして、しばらく作業を続け、悲鳴を上げた。

「この通路みたいなところに、ミイラ化した死体がある！」

なぜ、そのようなところにミイラがあったのか、ビルの管理者にも、フロアを賃借していた宝石店にも、わからなかった。

十年前に宝石店で起きた盗難事件や、その事件以来、忽然と姿を消した「怪盗Z」と結びつける人間も、誰もいなかった。

十年前、身を隠した秘密の通路に身体が挟まり身動きがとれなくなった怪盗Zは、

空腹とノドの渇きで意識を失う直前、考えていた。

「十年間で、こんなに太るなんて、計算外だ」

ロケット開発

　まるで前に進まない会議の連続に、リーダーは頭を抱えた。そんなリーダーの頭痛になどまるで気づかず、議場に集った面々は、今日も議論を白熱――もとい、迷走させている。

「やっぱり、最新鋭というからには、超大型にするのがいいと思うんですよ。そのほうが関心を集められるし、いろんな機能を追加できます」

「いや、逆でしょう。最新鋭は『小型化』ですよ。小型なのに性能バツグンで、見た目に反して多機能っていうほうが話題になるに違いない」

「待ってください。『大きさ』は、あとから考える問題でしょう。大事なのは機能で、その機能に適した『大きさ』にすればいいんです。我々が開発しようとしているのは有人宇宙ロケットですよ。冷蔵庫じゃないんだから」

「それに、費用対効果は考えないと。予算も、無尽蔵にあるというわけではないんですから」

「つまらないことを言うなよ。これはプロジェクトそのものに大きな意義があるんだ。出し惜しみしてる場合じゃないだろ」

「『つまらないこと』なんて言ったら、ここで話し合う意味ないでしょう！」

彼らは、とあるロケットを新開発しようと集まったメンバーだった。しばらく前から、どんなロケットにするかを話し合っているのだが、なかなか前に進まずにいる。リーダーも、どうまとめればいいのかわからず、「宇宙を進むロケット開発の会議だというのに、会議自体が『前に進まない』とはな」と、たいしてうまくもないジョークを頭の片隅に浮かべていた。

「いっそのこと、視点を変えよう」

そのとき、誰かが声を上げた。

「我々が製造するのは有人宇宙ロケットなんだから、乗組員のことを最優先で考えてみよう。まず、居住空間を充実させることは必須条件だと思う。でないと、乗組員が宇宙航行に退屈してしまって、耐えきれないはずだ。彼らは大任のために、ロケットに搭乗するんだから」

「それもそうだ。乗組員たちに任務に集中してもらうためにも、憩いの時間を提供できるように工夫しないと」

彼の一言がふたたび議論を活性化させた。

「であれば、やはり超大型だ。それで、土を敷き詰めて樹木や花を植えたり、山や川や海など自然環境を作るんだ。いっそ球体型のロケットにするのがいいんじゃないか？」

「それはいい考えだ。そうだ、時間の経過を体感できるように、ロケットを回転させて、昼と夜を作ろう。無限に続く時間は耐えがたいが、区切りがあると、メリハリのある生活ができるはずだ」

「それと、乗組員が少人数だと閉鎖的になってしまいますから、なるべく大人数を乗せましょう。ロケット内部で乗組員が増える仕組みにしてもいいと思います」

「なるほど、いいですね。それに、乗組員だけだと殺伐とするかもしれないので、ほかの種族の生物も乗せるのはどうでしょうか？」

「重力を生み出すことも必須ですな。地に足をつけて過ごせることの安心感は、何ものにも代えがたいものがある」

「そうだ！　時間の経過を演出するなら、季節も作りましょう。気温や湿度や天候をランダムに変化させたり、上空に星を映し出したりしても、いいんじゃないでしょうか？」

「いいアイデアですねぇ、どうですか？　リーダー！」

コホンっと、リーダーが大きく咳ばらいをした。盛り上がる議論を、落ち着かせようという意図があった。全員の注目を集めてから、ゆっくりと口を開いた。

「全員、この会議の本来の意義を見失っているんじゃないかね？　今回開発しようとしているモノの本来の目的を忘れたわけじゃないだろ？　皆がそこから目をそらしたい気持ちもわからないではないが……」

リーダーの言葉を聞いた一同は黙り込むと、互いの様子をチラチラと盗み見た。誰かが、「本来の目的を忘れている」というリーダーの言葉に抗議するようにつぶやく。

「あまりに緊迫した状況だと、つい、現実逃避もしたくもなりますよ……」

「たしかに……。あえて『ロケット』という言葉を使っているのも、そのためだしな」

「でしたら、まずはその言葉を、本来使うべき言葉に修正するところから始めますか？」

そう発言した一人を、残る全員が、おそるおそるというまなざしで見つめる。この場において最重要キーワードを口にするかのように、発言者は慎重かつ、緊張した声を発した。

「我々が開発するのは、『有人ロケット』ではなく、『有人ミサイル』である、と」

場の空気が、しんと張りつめた。現実を再認識したことで、みな一様に、過酷な未来を想像したのだった。

「銀河系の恒星、太陽は、徐々に温度を上昇させながら膨張してきました。このままでは数十億年以内という短期間で大膨張してブラックホール化し、太陽系のみならず、銀河系をものみ込んでしまうでしょう。それを防ぐためには――太陽のブラックホール化を止めるためには、膨張の限界点を超える直前に強力な爆弾を太陽に撃ち込むことが有効だという話でしたよね」

「毒をもって毒を制す、といったところか」

その言葉に敏感に反応した一人が、苦々しい表情で言う。

「『毒』なんて言葉は、乗組員には、絶対に聞かせられないぞ」

「それにしても、改めて考えても荒唐無稽な気もするが……本当に爆弾を撃ち込むことで、太陽のブラックホール化を防げるんですかね？」

「確証はないですが、有識者の見解では、可能性は十分にあるということです。何もしないよりはいいでしょう」

「せめて、無人ミサイルにできないものですかね？」

「太陽の膨張に影響を及ぼすレベルの爆弾の発射は、歴史上、例がありません。遠隔操作技術に関しては、現在も並行して研究開発中ですが、確立されるかどうかは不確かな状況です。それに、ミサイルが航行するための燃料は外部から補給不可能なので、ミサイル内で精製する必要があります。そのためにも、乗組員は欠かせません」

その言葉を援護するように、ほかの者も続ける。

「何より、太陽の状況は今も刻々と変化しており、発射のタイミングの最適解がつかめていません。ですから、いつ、そのタイミングがきてもいいように、太陽の周りを有人ミサイルでスイングバイ航法――太陽の引力を利用して、少ない燃料でミサイルの軌道を確保しつつ航行し、太陽の直近に待機して観察を続行。最適なタイミングで、最適な角度から、太陽に確実に爆弾を撃ち込む必要があるんです。遠隔ではなく、その場で判断、実行するべき最重要ミッションなんです」

会議場に集まった者たちは、それぞれ眉間に深いシワを刻んで、テーブルに視線を落とした。どうやら、どんな形であれ、覚悟をもって決断しなければならない時期は、すぐそこまで迫っているようだ。

「やむを得まい。我々が暮らす宇宙を守るためだ。乗組員たちも、わかってくれるだろう」

そう言った一人が、三つの瞳を静かに閉ざした。

「では、この会議の意見を集約して、球形有人宇宙ミサイルの開発を急ぎます」

「そうしてくれ。ミサイルが完成したら、なるべく早く、当初決めたルートでの巡航を開始するんだ。ルートは、わかっているな？　金星と火星の間で、太陽の周りを巡回する座標軸だぞ」

そう言ったリーダーが、赤銅色のゴツゴツとした頭部を前に突き出す。

そんなリーダーに、一人がそっと手を上げて不安げに尋ねた。

「ひとつだけ疑問があるのですが……。乗組員たちは、そのとき、本当に太陽に突入してくれるのでしょうか？　ミサイルの環境を整えて快適にしてしまうことで、その快適な暮らしを手放したくなくなるのでは？　乗組員たちにも意志があるはずです。我々が思ったように都合よく考えたり、行動してくれるものでしょうか。我々の議論には、大事な何かが欠けている気がしてなりません」

リーダーは少し考えてから、質問した者に対して静かに答えた。

「そのことは、当初からの懸念点だった。だから、別のプロジェクトチームが対策を考え、実行に移している。簡単に言えば、『神システム』だ。乗組員たちには、『神』

という概念を与え、困ったときの最終判断を『神』に委ねるよう、長い時間をかけて教育する。最終局面では、そのシステムが発動するだろう。何も心配いらんよ」

そう言うと、リーダーは満足げに笑った。

（作　桃戸ハル、橘つばさ）

ビジネスの基本

ある朝、僕の枕元に、ランプが置いてあった。

擦ると魔神がでてくる、

「魔法のランプ」然とした、あのランプである。

ランプを擦ると、煙とともに魔神が現れた。

魔神が、優しい声で言った。

「何でもひとつ、願いを叶えて差し上げましょう」

「でも、その代わりに、魂を奪われたりするの？」

魔神は、少し心外そうな表情になった。

「どこからそんなデタラメを？　私たち魔神は、願いごとに見合ったものを少しいただくだけです」

僕は魔神に、願いごとと、差し出すものを言った。

しかし、病気の母は帰らぬ人となった。僕の寿命が減ったのかはわからない。あの魔神、何だったんだ？

その日、数多くの魔神が会場に集められていた。

一体の魔神が、資料を見ながら、発表をはじめた。

「私は、人間界の『日本』と呼ばれるエリアで、調査しました。その結果が資料①のグラフです。

『願いごと』でもっとも人気が高かったのが、全世代とも『お金』や『財産』です。

これは、調査開始以来、ずっと続く傾向です。

一方、差し出すものでは、『自分の寿命』が減ってきており、その年数も、多数を占めるのが『一〜三年』と短期化してきています」

魔神の世界に「マーケティング」、つまり人間の「願いごと」と「対価」の現実をリアルに把握しようという「ビジネスの基本」が生まれたのは、ごく最近の話である。

そのため、「人間界意識調査」を実施し、叶えるつもりもない願いを魔神が聞いて回るのだ。

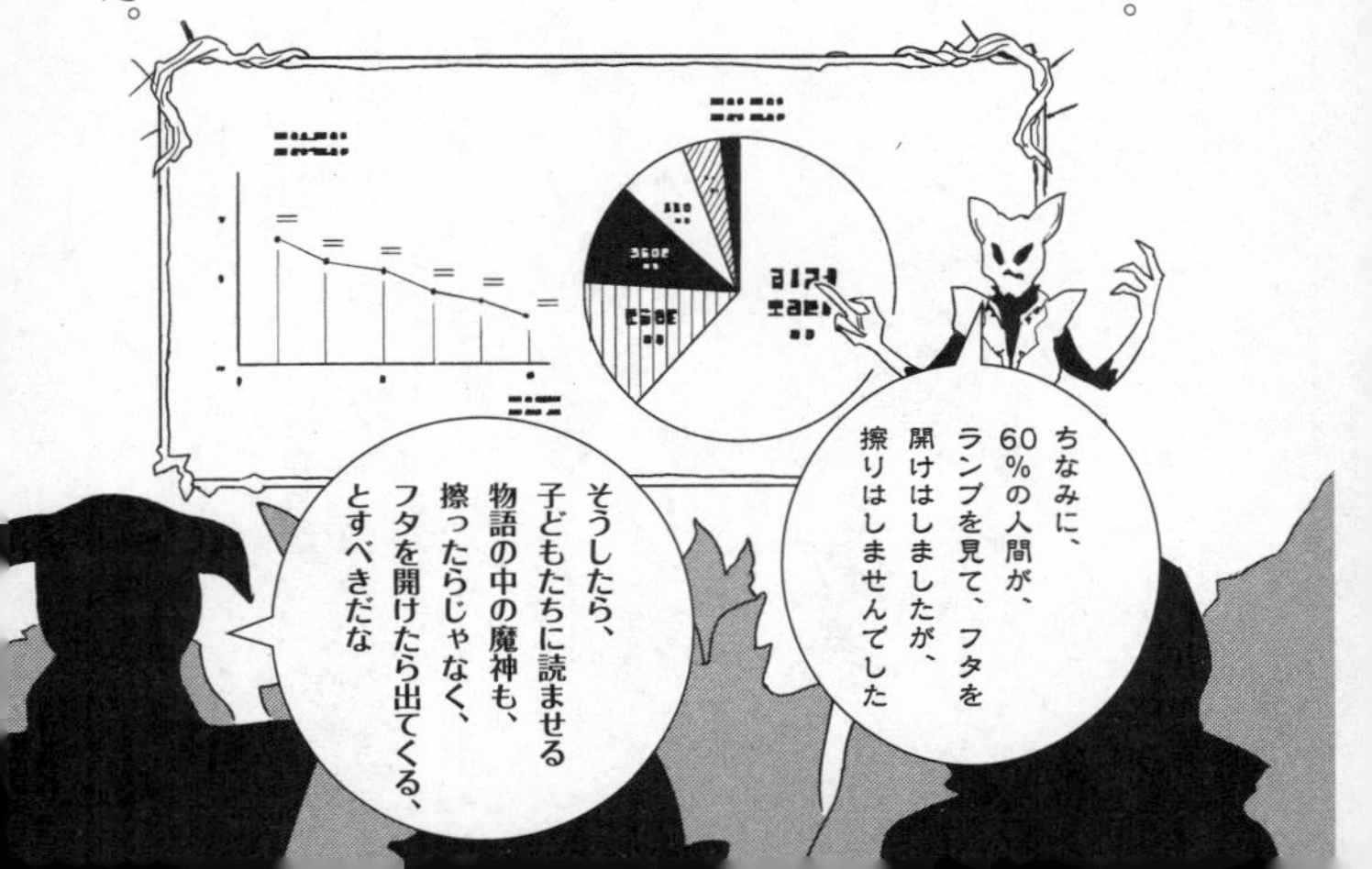
ちなみに、60%の人間が、ランプを見て、フタを開けはしましたが、擦りはしませんでした
そうしたら、子どもたちに読ませる物語の中の魔神も、擦ったらじゃなく、フタを開けたら出てくる、とすべきだな

幸福な死

深夜――。

カイ博士の研究室に拳銃を持った男が忍びこんできた。

博士は研究に夢中になっていて、男が室内に侵入したことはもちろん、室内の機械につまずいて大きな音を立てたことにさえ気づかなかった。

「動くな。おれは強盗だ」

男は博士に拳銃を向けて大声を出したが、それでもなお博士はしばらく装置をいじり続け、だいぶ経ってから顔を上げてキョロキョロあたりを見まわし、最後にようやくうしろを振り向いた。

「うおっ！　び、びっくりした。お、おまえは何者だ？」

「おれは強盗だ。同じことを何度も言わせるな」

「強盗が何の用だ」

「あんたがすばらしい発明をしたと聞いたので、それを盗みにきた」

「残念だったな。私の発明は、まだ完成してはいない」

「ウソをつくな」

「ウソではない。こうやって深夜まで作業しているのがその証拠だ。完成したころにまた来るんだな」

強盗は、チッと舌打ちした。

「未完成でもかまわんから、実験データをこっちによこせ」

博士は首を振った。

「断わる。私の一生をかけた研究だ。そう簡単に他人には渡せない」

「この拳銃が見えないのか。これはオモチャではないぞ」

男は威嚇のつもりか、銃口を天井に向けて、いきなり引金を引いた。

サイレンサーに消された、ため息のような発射音と、弾丸が天井をぶち抜いた固い音が、ほぼ同時にひびいた。

「な、なにをする！」

博士は目を大きく見開いて、今にも男につかみかかりそうになったが、さっと銃口を向けられて凍りついたように動けなくなった。男がにやりと笑った。

「さあ。死にたくなかったら、おとなしくデータをよこせ」

「それどころではないぞ！」

博士は必死の形相で叫んだ。

「おまえは、いま大変なことをしてしまったのだ。音が聞こえるだろう。おまえが撃った弾が、天井のタンクに穴をあけたのだ。この音は、ガスがもれている音だぞ」

強盗の不敵な笑いは消えなかった。

「ふん。脅かそうと思ってもムダだ。ガスなんかもれてもどうということはないさ。爆発でもするというのか」

「爆発などするものか。このガスはただのガスではない。これこそ私が発明した『幸福ガス』だ。このガスを一口でも吸いこむと、とたんに幸福な気持ちになり、心の底から愉快になって、笑いがこみ上げてくる。しかし、吸いすぎると――」

カイ博士は突然吹き出した。

「ふふっ。笑いがとまらなくなってしまうのだ。はははは」

拳銃を持った強盗もつい、つられるように吹き出した。

「あははは。このガスを吸いこむと幸福になるのはよくわかった。しかしもういい。笑いをとめるにはどうすれば、うはははは」

「笑いをとめることは、ふふふふ。笑いをとめることは、あっはっはっは、できないのだよ」

博士は腹をかかえて激しく首を振った。

「笑いを、ひひひひひひひ、とめることができない？　あはははははは」

強盗も手を打ち、足を鳴らす。

「いっひっひっひっひ。とまらない。うおおっほっほっほっほっほ」

博士はエビのように体をそり返らせ、あるいは身をくねらせ、目に涙をためて笑い続ける。

「おれたちは、どうなるっはははははははは」

強盗は額に手を当て爆笑する。博士も涙を流し、身をよじってヒステリックに笑い続ける。

「私たちは、ああっはっはは、死ぬのだ。うひひひひひひ」

強盗は一瞬息を呑んだが、それでも笑いの発作はとまらなかった。

「死ぬ？　ぐふふふ、ええっへっへっへ。ああっはっはっはっは」

博士は目を血走らせ、髪をふり乱し、床に腹這いになって手足をばたつかせながら笑った。

「あははははは。そこが未完成。うわっはははははは」

「未完成とはな。こりゃ、いい。わーっはっはーっ。ひいひいひい」

「おまえのせい、ぷはははは。わっはっはっはっははーっ」

博士は苦しみのあまり、ごろごろ床をころげまわり、腹を押さえて体をくの字に曲げながら、なおも激しく笑い続けた。

「おれだって嫌だ。あーっはっはっは。死にたくない。あっはっはっははーっ。ひーっ、ひっひっひ」

強盗は、手を叩き、足をバタバタさせながら、笑いころげた。

「もう殺してくれーっ！　ひーっひっひっ。いっそ私を殺してくれーっ!!」

博士がそう叫ぶと、強盗は、ひっくり返って爆笑した。

「もうだめだーっ。ぷぷーっ。ひーっ」

二人は、けいれんしながら、なおも数時間笑い続けた。そして、とうとう声がかれ、体力の限界に到達して、動かなくなった。

数日後、死体が発見された現場を検証することになった刑事や鑑識係は、この二人の死因に大いに悩まされることになった。外傷もないし、毒物も検出されなかったからである。拳銃が落ちていたが、死因は明らかにそれによるものではなかった。体は何時間も悶《もだ》えたようにねじれていたが、二人の死体は、ひきつったような、それでいて笑っているような複雑な表情を浮かべていた。いったい、ここで何が起こったのか、彼らには想像することさえできなかった。

しかし、そんな悲惨な現場を見ているのにもかかわらず、刑事たちの数人がクスクスと笑いはじめた。そして笑いの渦はだんだんと拡大していった。

「うわっはははは。いっひひひひ」

事件の現場は大爆笑で包まれた。

（作　中原涼）

第三次世界大戦

ここは、某軍事大国の会議室。
軍の上層部や著名な科学者が集められ、
第三次世界大戦を見すえた
兵器開発の計画が話し合われていた。
その国の大統領が、ある科学者に聞いた。
「第三次世界大戦では、
どのような兵器が主流となり
戦争が行われることになる
と思うかね？」

科学者は、議論に盛り上がる
一同を見回して言った。

「第三次世界大戦が
どのような兵器で行われるのか、
正直なところ、私にはわかりません。
しかし、第四次世界大戦についてはわかります。
そのとき人類は、ガレキを投げ、
こん棒を振り回して
戦っているでしょう」

＊アインシュタインの名言より。

ハチミツ

いつから、こんなことになったのか——。

男は、仕事から帰ると、決まって妻に暴言をあびせるようになった。そのことを男がよしとしているわけではない。彼自身も、そんな自分が嫌でしかたなかった。なのに、自分の感情がコントロールできないのだ。

その日は、特にひどかった。

「お前が悪いんだ！」

などと言って、とうとう妻の顔を殴りつけてしまったのだ。

恐怖でふるえる七歳の息子が、妻に抱きついてしくしく泣いている。

「お前はうるせぇ！　邪魔だ！」

男は、無理矢理息子の腕をつかむと、妻から引きはがして、床に投げ飛ばした。

「やめて!!」

妻の絶叫が響いた。

息子は頭を打った様子だったが、それでもすぐに立ち上がって、母のそばにいく。

「腹立たしい奴らだ！」

吐き捨てると、男は居間に消えた。

なぜ、こんなことになったのか――。

結婚したころの彼は、温厚な男だった。生まれた息子のことも、よくかわいがっていた。

ところが、会社をやめ、独立して起業してからおかしくなった。経営がうまくいかず、一年で廃業。やっと見つけた再就職先は契約社員で、月収は以前の会社の半分以下となった。

しかも、上司は自分よりずっと年下の若者で、男は年下上司にこき使われた。

それでもがまんして真面目に働いた。しかしやがて、そのストレスのはけ口が、妻や息子に対する暴言や暴力となってあらわれた。

「まったく、あいつらは何もわかってねぇ。俺がどれだけ、我慢してやっているのか……」

男は、ビールを飲みながらブツブツ言った。

妻と息子は、まだ寝室で泣いていた。

「うるせぇぞ！」

男はイライラして怒鳴った。

瓶からビールをジョッキに注ぎ、ゴクゴクと飲む。

しばらくすると、泣き声は聞こえなくなった。

「やっと寝たか」

そうつぶやくと、男は台所の戸棚の奥から、片手では持てないほど大きなガラス瓶をせっせと運んできた。それをテーブルにドンッと置くと、ていねいにフタをあけた。

「この香りだけが、俺を落ち着かせてくれる……」

それは、ハチミツだった。男は、ハチミツに目がなかった。毎晩、ハチミツをなめてから布団に入る。それが子どものころからの習慣になっていた。

もちろん、それは安物ではなく高価なハチミツである。家計の苦しい男の家では、それはとんでもない贅沢品だったが、これだけはやめるわけにはいかなかった。

男は、スプーンでたっぷりのハチミツを皿にすくうと、ゆっくりと味わいながらなめた。

「うん。うまい……」

ちょうど一皿なめ終わったころだろうか。気がつくと、背後に目をこすりながら立つ息子の姿があった。

「そんなところで、なに突っ立ってるんだ!!」

振り返った男は、あわてて言った。

「トイレ……」

「遅くまで起きていないで、さっさと寝ろ!」

息子は、ハチミツの瓶をじっと見ていた。なめているところを見られただろうか。

「お父さん、それはなに?」

「お前には関係ない。これは、血圧を下げる薬だ。一日に一口なめるだけなら薬になるが、大人でも一日に二口以上なめると、死ぬ危険がある猛毒になる。子どもが一口でもなめたら死んでしまうから、絶対になめるなよ」

「ほんと?」

「ああ、本当だ。だから、早く寝ろ!!」

「………」

息子は、感情のない顔で、寝室へと去っていった。息子の顔から感情を奪ったのが自分であることも、男にはわかっている。しかし――。

「まったく、油断ならない」

男はそう言いながら、大事そうにハチミツをまた台所の戸棚の奥にしまった。

次の日、パートの仕事が長引いたとかで、妻が遅くに帰宅した。

すでに男は、居間のソファに座り、ぶ然とした表情でビールを飲んでいる。息子は部屋の隅で、チラチラと父の様子をうかがいながら宿題をしていた。

「おい！　おせぇじゃねえか。どんだけ待たせるんだ!!」

「すみません、すぐに支度しますから」

「夫が帰ったとき、夕飯の支度ができている。それが妻の役目だろ!?　なに考えてんだ！」

「ごめんなさい。今日、仕事でトラブルがあって……」

「おい！　今、俺に逆らったのか？」

男はむっとして立ち上がり、テーブルを蹴とばした。

「いえ、なんでもありません」

「俺の仕事にトラブルがないと思ってんのか!?　たかがパートのくせに、偉そうな口をきくな!!」

男は拳を握りしめて、妻に詰め寄った。

「お父さん、やめて！」

息子が父の前に立ちはだかった。泣いているだけだった昨日とは違い、息子は刺すような鋭い目でにらみつけてくる。

男は思わずうろたえ、言葉を失った。

「……すみません、こんどは気をつけますから」

妻は息子を抱き寄せ、そう言うと、その場は収まった。男がそれ以上に追及できなかったのは、妻の言葉ではなく、息子の表情に気押されたからである。

食事がすむと、妻と息子は寝室に消えた。

「まったく、あいつらは何なんだ！　俺がどれだけ会社で苦労しているのか、わかってんのか。家族のために、仕事もできない若造の無理難題を我慢してるんだぞ！　その上、家でも我慢しろってか⁉」

妻と息子の態度を思い出して、またイライラが募ってきた。

本当は、会社のグチや不満を妻に聞いてもらえれば、少しは気持ちが楽になるのかもしれない。しかし、これまで偉そうなことをうそぶいてきた男には、無様な姿で働いている自分のことを知られたくない気持ちのほうが強かった。

「とにかく、我慢しかないんだ……」

男は自分に言い聞かせるようにつぶやいた。

そして、新しいビール瓶を開け、ジョッキに注ぎ、一口飲んだ。

「んっ⁉」

男は、「ビール瓶のラベルを見返した。いつもと同じものだ。しかし、いつもとは明らかに味が違う。もう一度口に含んだ。

「なんだ、この甘さ……」

明らかにビールに、なにか甘いものが入っている。そう考えて、見てみると、ビール瓶のフタの一部が、いちど開けられたことを示すようにゆがんでいる。

男は、注ぎ口に鼻を近づけ、匂いをかぐ。

「……これは、ハチミツの香り？」

しばらく思いをめぐらせた。色が似ているからか、飲むまでは全然気づかなかったが、なぜ、ビールにハチミツが……。

「あっ！」

思わず声をあげた。昨夜の息子との会話……。

――大人でも一日に二口以上なめると、死ぬ危険がある。

「あいつか！　あいつが、入れたのか？　なぜ？」

自問自答するまでもなく、答えは出ていた。

「……俺を殺すために？」

息子がハチミツを入れたのであろう。「毒」で、俺を殺すために。

そのとき、寝室のドアが勢いよく開いて、息子が泣きながら居間に飛びこんできた。

「お父さん、死なないで。ごめんなさい、死なないで！」

男は、そのときはじめて、自分が息子に、そこまでの覚悟をさせてしまったことに気づいて、涙をこぼした。

怒りを抑えられず、家族を不幸にしていた俺は、今日、死んだんだ。明日からは生まれ変わろう。

そして、甘いビールを一気に飲み干した。


（作　桃戸ハル）

トンチ小僧の本能

将軍が、生意気なトンチ小僧を
呼びつけて言った。
「この屏風《びょうぶ》のトラが、
毎晩、ここから抜け出して困っておる。
お主の力で、このトラを縛り上げて
もらえぬか？」
将軍に無理難題を言われた一休《いっきゅう》は、
縄を手に持ち、
屏風のトラをにらみながら言った。
「将軍様、準備はできました。縄で縛り上げますから、トラを屏風から
追い出してください」

すると将軍は、自ら屏風の裏に回り、
槍のような長い棒で、
屏風の裏側を何度もつついた。
すると、それを嫌がるように、
うなり声を上げながら、
トラが屏風から出てきた。
――一休は、覚悟を決めた。
僧衣をはだけた一休の肉体には、
破裂しそうなほどにふくらんだ
筋肉たちがひそんでいた。
一休が、トラのように咆哮《ほうこう》した。
「この俺を、ただのトンチ小僧だと
思ってなめるなよ！」
本能をむき出しにしたトンチ小僧は、
顔に悦びの表情を浮かべながら、
トラにとびかかっていった。

お前とは、オス同士、
命のやりとりをしたい
と思っていたんだ!!

獣化兵

新しい世紀になり、科学技術は、さらに驚異的なスピードで発展をとげた。しかし、そのことは、必ずしも人類を幸福にはしなかった。

その理由は、「戦争」である。科学技術の進歩は、戦争をも進歩させてしまったのだ。進歩した科学技術は戦争に応用されるようになっただけではない。だんだんと、戦略や戦術を進化させるために、科学技術が存在するようになっていってしまった。

ある人は考えた。人間は本来、平和を望む生き物だ、と。しかし、武器を手にしたことで、文字通り、人が変わってしまったのだ、と。だから、武器を手放せば、本来の「平和を望む生き物」に戻れるのだ、と。

しかし、その考えは多くの人々から支持されつつも、現実のものにはならなかった。最初に武器を手放してしまったら、敵国に攻撃されると恐れたのだ。

戦争を旧世紀とはまったく次元の異なるものに変えた原因の一つが、ロボット兵の導入だ。

武器を手に敵陣へつっこんでゆく人型のロボットは、小回りもきくため、臨機応変さが必要な作戦に重宝した。逆に、何十トンもある大型のロボットは破壊されにくく、一方で圧倒的な破壊力をもつため、一瞬で大勢の敵を殲滅《せんめつ》させる目的で、たびたび戦線に投入された。

そんなロボット兵と並ぶほどの戦力となったのが、獣化兵である。

獣化兵とは、人間と動物の遺伝子のハイブリッド化によって生み出された、特殊能力をもつ最強の兵士だ。獣化手術と呼ばれるオペにより、人間の体内に動物のＤＮＡを人工的に植えつけ、融合させることで、その動物の能力や資質を備えた人間を作るというものである。

人間の弱さは昔から語られていた。肉体的にも精神的にも、地球上でもっとも栄えている生命体のくせに、とにかく人間は不完全である。言葉と文明を手に入れたぶん、人間がなくしてしまった肉体の強さは、動物たちのほうが圧倒的に備えていた。それさえあれば、人間は完璧な存在になれる。獣化兵とは、そうして誕生した最強の戦力であった。

ただ、なんでもできるというわけではない。遺伝子構造を人為的に操作するには限度がある。たとえば、鳥のような羽がはえて空を飛べるようになるとか、カメのように頑丈な甲羅ができるといったような、無だったものが有になるような変化は起こらない。もともとあった力を強化するのが獣化兵計画の趣旨である。筋力や体力が増大したり、視覚や聴覚といった五感が鋭敏になったり、性格が獰猛になるなどの効果が見られ、それらは狙いどおり、戦場でめざましい成果を上げた。

コウモリの能力を身につけた兵士は、暗闇のなかでも自在に動き回ることができた。

チーターの能力を身につけた兵士は、人間離れしたスピードで戦場を駆け、敵を翻弄した。

また、オオカミの能力を取り入れたチームは、統率のとれた動きと驚異的な持久力を発揮し、三日三晩、敵を追跡し続けた。

しかし、肉体が変異したそれらの兵士よりも戦場で重宝されたのは、性格が変異した兵士たちだった。

たとえばクマは、並はずれた腕力だけではなく、強い執着心をもつ。いちど標的に定めたら、それをどこまでも追いかける習性があるため、クマの性格を得た兵は、敵を追跡する役割に重宝された。

クズリやラーテルは体の小さな動物だが、自分よりはるかに大きな相手に対しても、ひるむことなく向かってゆく勇敢さ——あるいは、狂暴さといってもいいかもしれないが——をもっている。「恐怖」は、戦場において不要な感情である。それをもたない兵は死ぬことすら怖れず敵陣に突入し、大きな爪痕を残した。

穏健に見えて縄張り意識が強いことで有名なカバの性格は、戦闘の最前線では役に立たなくても、自陣を守るのには長《た》けている。

そんな多種多様な獣化兵が活躍する戦場において、幾多もの戦果を上げた一人の兵士がいた。その兵士は、鋭敏な視覚や聴覚を備えているわけでも、並はずれた腕力やスピードを誇るわけでも、飛び抜けて持久力や勇猛な性質があるわけでもなかった。むしろ、そのような能力は月並みの人間程度にしか見られなかった。

ならば、その兵士の何が脅威になったのか？　彼を見た者は、口をそろえてこう言った。

「あの残虐性と狡猾さの前では、どんな獣化兵も、真の力を発揮することなどできはしない」

その兵士は、謀略知略をめぐらせる能力に長けており、ほかの誰も思いつかないような戦略を次々に打ち出して指示を出した。かと思えば、偽の情報で敵の同盟をくずし、寝返らせ、そして寝返った者を最終的には切り捨てる。結果のために、卑怯な手段、非人道的な方法をとることにも躊躇はしなかった。

味方であれば、これほど心強い兵はないが、彼が本当に味方なのかすらわからなくなる。

いつだったか、彼のコントロールに手を焼いた上官が、彼の獣化手術の記録を探ったことがあった。しかし、なぜか彼の記録だけが失われており、彼になんの動物のDNAが移植されたのかは誰にもわからなかった。さまざまな憶測が飛び交うなか、彼が自分の記録を消去したのでは？　という噂までもが、まことしやかに戦場に流れた。

誰よりも多くの敵兵を殲滅し、しかし、味方にとっても諸刃の剣であった彼に対して、多くの人が同じ感想をもった。

「あれは、まさに人間ではない」

ある日、天命を迎えた一人の老科学者が、今際の際に恐るべき言葉を残した。その言葉から、彼こそが、「人間ではない」とまで言われたあの兵士に、獣化手術を施した科学者であることがわかった。

「私は、とんでもないものを生み出してしまった。不運に不運が重なった事故だったとはいえ、あれは生み出してはいけないものだった。彼に脅され、今まで口を閉ざしてきたが、私の命はじきに尽きる。もう、家族も、この世にはいない。ならば、語らずにこの世を去ることは、さらなる罪を重ねる行為でしかあるまい」

そして、科学者の最期の言葉は、軍関係者に衝撃を与えた。

「彼には、なんの動物のＤＮＡも移植していない。彼は、人間なのだ」

そんなことがあるはずはない。科学者の言葉を疑った軍の上層部は、その遺品や研究データを徹底的に調査した。そして、確たる証拠を発見した。それは、科学者の研究記録で、そこには、あの兵士に対して行われた獣化手術の一部始終が、準備段階から詳細に記されていた。


「兵士Ｎ—０３—０５８３号に、ペンギンのＤＮＡ移植を試みる。寒冷地でも動くことができ、水中での作戦に特化した兵の誕生が期待される」

「兵士Ｎ—０３—０５８３号の獣化手術が完了。まだ変異は見られないが、個体差の範囲であろう」

「兵士Ｎ—０３—０５８３号の変異出現が著しく遅い。再検査の必要ありか」

「なんということだ……兵士Ｎ—０３—０５８３号の獣化手術が失敗に終わってしまった。彼にペンギンの特質は発現せず、再検査したところ、やはりペンギンのＤＮＡ

は定着していなかった。膨大なDNAサンプルのなかから、手術直前に取り違いがあったと思われる。兵士N―03―0583号の体内から、ほかの動物のDNAは検出されなかった。考えられる可能性は、ひとつしかない。しかし、まさかそんなことが……」

「どうやら、ミスを認めるしかない。調査の結果、研究員が、採取したDNAの保管場所を間違えてしまったことが判明。ペンギンのDNAは【二足歩行（B―1984N)】に分類、保管されていた。私はたしかにそこからDNAを取り出し、施術したが、研究員の手違いにより、そこには異なるDNAが保管されていた。つまり、私がペンギンのものと思い込んで移植したDNAは、ペンギンのものではなかった。あれは、あれは――『ヒト』のDNAだったのだ」

科学者の記録を目にした人々は愕然とした。

数々の戦場で誰よりも戦争を楽しんでいたあの兵士が、純粋な人間？　自分たちと同じ、ただの人間だと？

いや、違う。あれは、人間に人間をかけ合わせた「純度の高い人間」――つまり、人間の残虐性や狡猾さ、利己的な性質を濃縮した、獣以上に異質な存在だったのだ。

我々は、何に突き動かされて戦争をしているのだろう。それはわからない。しかし、近い将来、地上から「ふつうの人間」は駆逐され、純度の高い人間が戦争を楽しむ世界になる予感に、軍の人々は寒気を覚えた。

(作　桃戸ハル、橘つばさ)

怪獣、東京に現る

ある日、東京湾から怪獣が現れた。
放射線をあびて変異したからか、
その体は、高層ビルと同じくらいの
巨大なものになっていた。
怪獣は上陸し、ゆっくりと
都心に向かって歩を進めた。
しかし、そんな怪獣の出現にも、
驚き慌てる人間はいなかった。

その怪獣が現れる数十年前には、
建造物を破壊することなく
生物を殺傷する兵器や、
それを打ち込めば、
限られた範囲だけを破壊する
超小型核爆弾も開発されていた。
しかし、人々が驚かなかったのは
それが理由ではない。
第三次世界大戦と放射能の影響で、
そもそも地球には
もう人類はいなかったからである。
怪獣に対してガレキを投げる人間も、
こん棒を振り回す人間も――。
人類は絶滅し、地球上には、
もう誰も存在していなかった。

素敵なドラマ

――スクリーンのなかには、素敵なドラマがある。

劇場に入って、座席に座る。予告編が幾つか流れた後、すうっと明かりが消える。そして、まだ自分の知らない世界への旅が始まる。

大学時代、わたしは膨大な自分の持ち時間を、そんな世界を旅して過ごした。学校にいる時間より、映画館にいる時間のほうが確実に長かった。だから大手映画会社から念願の内定をもらった時は、嬉しくて泣いてしまった。社会人になっても、変わらず素敵なドラマが観続けられるなんて。そして誰かに素敵なドラマを提供する側になれるなんて。

ところが、わたしの配属先は、都内の巨大な映画館だった。担当業務は、チケットカウンターや売店での接客。てっきり映画製作ができると思っていたわたしは、四月が終わる頃には、早くも心が折れそうになっていた。

それまであまり自覚がなかったのだが、どうやらわたしが好きなのは映画の世界のなかの人間で、生身の人間はどちらかというと苦手だったのだ。映画製作の近くにいるのに、手が届かない。その状態が、かえってつらかった。

そんな気持ちで迎えたゴールデンウィークのさなかの、とある人気アニメの公開日のこと。

その日のわたしは、チケットカウンターの担当で、少しほっとしていた。

休日の売店はいつも通勤ラッシュ状態。それに対して、チケットカウンターは閑散としているため、のんびりと仕事ができるからだ。話題のアニメの公開日とはいえ、開館と同時に徹夜組がなだれ込んできてカウンターの前に列を作るという時代ではない。座席は今やインターネット予約が主流で、三日前に売り出された今日の分は、すでに終日満席になっている。予約した人は自動発券機で当日のチケットに換えるのがふつうだから、今日は一日、ふだんよりかえって暇かもしれない。

開館時間になり、自動ドアのロックが解除になった。さっそくドアが開いて、五歳くらいの女の子がおばあちゃんと手をつないで入ってくる。二人はしばらくキョロキョロとフロアを見回していたが、おばあちゃんのほうがわたしの座るチケットカウンターを見つけたようだ。

おばあちゃんになにか言われた女の子が、小走りにカウンターに駆け寄ってくる。そして、おばあちゃんのほうを振り向き、大きな声で言った。

「おばあちゃん！　いちばんだよ‼」

女の子は精一杯背伸びをしてカウンター台に手を置き、元気いっぱいの声でわたしにアニメのタイトルを告げると、「大人一枚、子ども一枚くだしゃい」と言って、嬉しそうに笑った。

なんでこんな役をわたしが……。先ほどのほっとした気持ちから一転、天を呪いたい気持ちになる。でも、これがわたしの仕事である。わざと平坦な言い方で、わたしは言った。

「そのアニメーションは、予約でいっぱいです。申し訳ございません」

「そうしたら、次の回に観させていただこうかしら」

女の子の後ろにやってきていたおばあちゃんが、上品な声でそう言った。さらに天を呪いながら、わたしは答える。

「申し訳ございません。今日は終日、全回満席なんです」

「そんな……一番にここに着いたのに……」

「今は、ほとんどの方が、インターネットで事前に予約をされておりまして。申し訳ございません」

「インターネット……。そうですか……」

おばあちゃんの顔が苦しげにゆがむ。

「おばあちゃん、どうしたの？　どうしたの？」

女の子が不安そうに聞く。おばあちゃんは、その場にしゃがんで、女の子としっかり目線を合わせ、言った。

「ちいちゃん、ごめんね。おばあちゃんがいけないの。予約をしておかないと、いけなかったの。でも、おばあちゃんはインターネットとか、そういうのが全然わからなくて。ごめんね、ちいちゃん。本当にごめんね」

ちいちゃんは、一瞬、「ひっく」と声を上げ、号泣寸前の表情になった。でも、自分が泣いたらおばあちゃんがすごく悲しむと、子ども心にわかったのだろう。唇をしっかりと横に結んで、正面をキッとにらみつけている。

「また来週、来てみようね」と言うおばあちゃんに、「……うん」と小さくうなずいた女の子だったが、後から映画館に入って来た家族連れが、カウンターの前を素通りして楽しそうに館内に吸い込まれていくのを見た瞬間、我慢できずに涙をポロポロこぼしてしまった。

わたしの胸は張り裂けそうになる。映画館は、夢を見たいと思ってやって来た人の願いをかなえるための場所なのに。夢をかなえてあげられないなら、そんな仕事に意味があるのだろうか。わたしは、そんな気持ちにフタをして、黙々と仕事を続けた。

チケットカウンターの横に、背の高い男子が思いつめた表情で立っている。大学生だろうか。すると、そのアニメの上映開始時間ギリギリに、とてもきれいな、だけどちょっと気の強そうな女子が駆け込んできて、男子に向かって手を上げた。

「ごめん、ギリギリになっちゃった！　間に合うよね？」

すると男子は顔をくもらせ、情けない声で言った。

「ミキ、それが……悪い、ごめん！　俺、ちょっと、チケットがきちんと予約できていなくて……今日……満席だって」

「はあっ!?　なんで？　だって、ずっと観たいって言ってたじゃん!!　ってか、先週、予約できたって言ってなかった？　ウソだったの？　ちょっと信じらんない！」

怒りを爆発させる女子に、「ごめん……」と男子は平謝りするだけ。「もういいっ！」、きれいな女子はヒールの音をカツカツと鳴らし、映画館を出て行ってしまった。

男子は女子の背中を見送ってため息をついた。そこで、強い視線を感じたのか、チケットカウンターのほうを振り向いた。それは、わたしの視線である。男子の目とわたしの目が合う。わたしは、思いっきり首を縦に振る。「あなたは間違っていない」と、伝えたかった。男子は参ったなという顔をした後、照れくさそうな笑みを浮かべてわたしに会釈すると、ゆっくり映画館を出て行った。

「あなたは間違っていない」

わたしは、もう一度、今度は声に出してつぶやいた。

わたしは見ていた。数分前、チケットカウンターの横で人待ち顔に立っていた背の高い男子が、すっと映画館の出入り口のほうへ歩いて行き、出て行こうとする女の子とおばあちゃんを呼び止めたのを。おばあちゃんと少し話した後、男子が小さな紙のようなものを女の子に手渡したのを。すると、女の子がとびきりの笑顔になり、おばあちゃんが何度も深々と頭を下げながら、二人で手をつないで映画館の中へ入っていったのを。

実際には聞こえなかったが、サイレント映画だったらこんな字幕がついていただろう。

「突然、すいません。もしかして、今日、このアニメを観にいらしたんじゃないですか？　実は、僕の連れが急病で来られなくなったって連絡があって。チケットもったいないんで、僕らの代わりに観てくれませんか？」

スクリーンのなかには素敵なドラマがある。だからわたしは映画が大好きだ。でも、どうやらスクリーンの外にも素敵なドラマがありそうだ。もう少しこの場所で、素敵なドラマを見つけてみたいとわたしは思った。

（作　ハルノユウキ）

＊本編はすべて「5分後に意外な結末」シリーズからのセレクトで構成。本編に挟まるオモテウラ完結の物語は、すべて『5秒後に意外な結末』（桃戸ハル編著、ｕｓｉ絵）からのセレクトによる。

|編著者| 桃戸ハル　東京都出身。あくせくと、執筆や編集にいそしむ毎日。ぢっと手を見る。生命線だけが長くてビックリ。『5秒後に意外な結末』『5分後に恋の結末』などを含む、「5分後に意外な結末」シリーズの編著や、『ざんねんな偉人伝　それでも愛すべき人々』『ざんねんな歴史人物　それでも名を残す人々』『パパラギ［児童書版］』の編集など。三度の飯より二度寝が好き。貧乏金なし。お仕事があれば是非！

5分後《ふんご》に意外《いがい》な結末《けつまつ》　ベスト・セレクション
銀《ぎん》の巻《まき》
桃戸《ももと》ハル 編・著
© Haru Momoto, Gakken 2023

講談社文庫
定価はカバーに
表示してあります

2023年12月15日第1刷発行

KODANSHA

発行者――髙橋明男
発行所――株式会社　講談社
東京都文京区音羽2-12-21　〒112-8001
電話　出版（03）5395-3510
　　　販売（03）5395-5817
　　　業務（03）5395-3615
Printed in Japan

デザイン―菊地信義
本文データ制作―講談社デジタル製作
印刷―――大日本印刷株式会社
製本―――大日本印刷株式会社

落丁本・乱丁本は購入書店名を明記のうえ、小社業務あてにお送りください。送料は小社負担にてお取替えします。なお、この本の内容についてのお問い合わせは講談社文庫あてにお願いいたします。
本書のコピー、スキャン、デジタル化等の無断複製は著作権法上での例外を除き禁じられています。本書を代行業者等の第三者に依頼してスキャンやデジタル化することはたとえ個人や家庭内の利用でも著作権法違反です。

ISBN978-4-06-533477-5

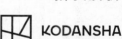

講談社文庫刊行の辞

二十一世紀の到来を目睫に望みながら、われわれはいま、人類史上かつて例を見ない巨大な転換期をむかえようとしている。

世界も、日本も、激動の予兆に対する期待とおののきを内に蔵して、未知の時代に歩み入ろうとしている。このときにあたり、創業の人野間清治の「ナショナル・エデュケイター」への志を現代に甦らせようと意図して、われわれはここに古今の文芸作品はいうまでもなく、ひろく人文・社会・自然の諸科学から東西の名著を網羅する、新しい綜合文庫の発刊を決意した。

激動の転換期はまた断絶の時代である。われわれは戦後二十五年間の出版文化のありかたへの深い反省をこめて、この断絶の時代にあえて人間的な持続を求めようとする。いたずらに浮薄な商業主義のあだ花を追い求めることなく、長期にわたって良書に生命をあたえようとつとめるところにしか、今後の出版文化の真の繁栄はあり得ないと信じるからである。

同時にわれわれはこの綜合文庫の刊行を通じて、人文・社会・自然の諸科学が、結局人間の学にほかならないことを立証しようと願っている。かつて知識とは、「汝自身を知る」ことにつきていた。現代社会の瑣末な情報の氾濫のなかから、力強い知識の源泉を掘り起し、技術文明のただなかに、生きた人間の姿を復活させること。それこそわれわれの切なる希求である。

われわれは権威に盲従せず、俗流に媚びることなく、渾然一体となって日本の「草の根」をかたちづくる若く新しい世代の人々に、心をこめてこの新しい綜合文庫をおくり届けたい。それは知識の泉であるとともに感受性のふるさとであり、もっとも有機的に組織され、社会に開かれた万人のための大学をめざしている。大方の支援と協力を衷心より切望してやまない。

一九七一年七月

野間省一

講談社文庫 最新刊

パトリシア・コーンウェル
池田真紀子 訳
禍根(上)(下)
ケイ・スカーペッタが帰ってきた。大ベストセラー「検屍官」シリーズ5年ぶり最新邦訳。

桃戸ハル 編・著
5分後に意外な結末
〈ベスト・セレクション 銀の巻〉
たった5分で楽しめる20話に加えて、たった5秒の「5秒後に意外な結末」も収録！

砂原浩太朗
黛家の兄弟
政争の中、三兄弟は誇りを守るべく決断する。神山藩シリーズ第二弾。山本周五郎賞受賞作。

田中芳樹
創竜伝 15
〈旅立つ日まで〉
竜堂四兄弟は最終決戦の場所、月の内部へ。大ヒット伝奇アクションシリーズ、堂々完結！

風野真知雄
魔食 味見方同心(一)
〈豪快クジラの活きづくり〉
究極の美味を求める「魔食会」の面々が、事件を引き起こす。待望の新シリーズ、開始！

森 博嗣
妻のオンパレード
〈The cream of the notes 12〉
常に冷静でマイペースなベストセラ作家の100の思考と日常。人気シリーズ第12作。

講談社文庫 最新刊

柿原朋哉
匿《とく》名《めい》
超人気YouTuber・ぶんけいの小説家デビュー作！「匿名」で新しく生まれ変わる2人の物語。

いしいしんじ
げんじものがたり
いまの「京ことば」で読むと、源氏物語はこんなに面白い！ 冒頭の9帖を楽しく読む。

佐々木裕一
将軍の首
〈公家武者信平《のぶひら》ことはじめ(十四)〉
腰に金瓢箪《きんぴょうたん》を下げた刺客が江戸城本丸まで迫りくる！ 公家にして侍、大人気時代小説最新刊！

輪渡颯介
闇試し
〈古道具屋　皆塵堂〉
幽霊が見たい大店のお嬢様登場！ 幽霊が見える太一郎を振りまわす。〈文庫書下ろし〉

瀬那和章
パンダより恋が苦手な私たち2
編集者・一葉《いちは》は、片想い中の椎堂《しどう》と初デート。告白のチャンスを迎え――。〈文庫書下ろし〉

朝倉宏景
風が吹いたり、花が散ったり
『あめつちのうた』の著者によるブラインドマラソン小説！〈第24回島清恋愛文学賞受賞作〉

深水黎一郎
マルチエンディング・ミステリー
密室殺人事件の犯人を7種から読者が選ぶ！ 読み応え充分、前代未聞の進化系推理小説。

講談社文芸文庫

高橋源一郎
君が代は千代に八千代に
解説=穂村 弘　年譜=若杉美智子・編集部
「この日本という国に生きねばならぬすべての人たちについて書くこと」を目指し、ありとあらゆる状況、関係、行動、感情……を描きつくした、渾身の傑作短篇集。
978-4-06-533910-7
たN5

大澤真幸
〈世界史〉の哲学 3 東洋篇
解説=橋爪大三郎
一二世紀頃、経済・政治・軍事、全てにおいて最も発展した地域だったにもかかわらず、覇権を握ったのは西洋諸国だった。どうしてなのだろうか？ 世界史の謎に迫る。
978-4-06-533646-5
おZ4

森　博嗣　χ《カイ》の悲劇〈THE TRAGEDY OF χ〉
森　博嗣　ψ《プサイ》の悲劇〈THE TRAGEDY OF ψ〉
森　博嗣　イナイ×イナイ〈PEEKABOO〉
森　博嗣　キラレ×キラレ〈CUTTHROAT〉
森　博嗣　タカイ×タカイ〈CRUCIFIXION〉
森　博嗣　ムカシ×ムカシ〈REMINISCENCE〉
森　博嗣　サイタ×サイタ〈EXPLOSIVE〉
森　博嗣　ダマシ×ダマシ〈SWINDLER〉
森　博嗣　女王の百年密室〈GOD SAVE THE QUEEN〉
森　博嗣　迷宮百年の睡魔〈LABYRINTH IN ARM OF MORPHEUS〉
森　博嗣　赤目姫の潮解〈LADY SCARLET EYES AND HER DELIQUESCENCE〉
森　博嗣　馬鹿と嘘の弓〈Fool Lie Bow〉
森　博嗣　まどろみ消去〈MISSING UNDER THE MISTLETOE〉
森　博嗣　地球儀のスライス〈A SLICE OF TERRESTRIAL GLOBE〉
森　博嗣　レタス・フライ〈Lettuce Fry〉
森　博嗣　僕は秋子に借りがある I'm in Debt to Akiko〈森博嗣自選短編集〉
森　博嗣　どちらかが魔女 Which is the Witch?〈森博嗣シリーズ短編集〉
森　博嗣　喜嶋先生の静かな世界〈The Silent World of Dr.Kishima〉
森　博嗣　そして二人だけになった〈Until Death Do Us Part〉

森　博嗣　つぶやきのクリーム〈The cream of the notes〉
森　博嗣　ツンドラモンスーン〈The cream of the notes 4〉
森　博嗣　つぼみ茸《きのこ》ムース〈The cream of the notes 5〉
森　博嗣　つぶさにミルフィーユ〈The cream of the notes 6〉
森　博嗣　月夜のサラサーテ〈The cream of the notes 7〉
森　博嗣　つんつんブラザーズ〈The cream of the notes 8〉
森　博嗣　ツベルクリンムーチョ〈The cream of the notes 9〉
森　博嗣　追懐のコヨーテ〈The cream of the notes 10〉
森　博嗣　積み木シンドローム〈The cream of the notes 11〉
森　博嗣　カクレカラクリ〈An Automaton in Long Sleep〉
森　博嗣　DOG&DOLL
森　博嗣　森には森の風が吹く〈My wind blows in my forest〉
森　博嗣　アンチ整理術〈Anti-Organizing Life〉
萩尾望都 原作　森　博嗣　トーマの心臓〈Lost heart for Thoma〉
諸田玲子　森家の討ち入り
森　達也　すべての戦争は自衛から始まる
本谷有希子　腑抜けども、悲しみの愛を見せろ
本谷有希子　江利子と絶対〈本谷有希子文学大全集〉
本谷有希子　あの子の考えることは変

本谷有希子　嵐のピクニック
本谷有希子　自分を好きになる方法
本谷有希子　異類婚姻譚
本谷有希子　静かに、ねぇ、静かに
茂木健一郎　「赤毛のアン」に学ぶ幸福《しあわせ》になる方法
森林原人　セックス幸福論〈偏差値78のAV男優が考える〉
桃戸ハル編・著　5分後に意外な結末〈ベスト・セレクション〉
桃戸ハル編・著　5分後に意外な結末〈ベスト・セレクション　黒の巻・白の巻〉
桃戸ハル編・著　5分後に意外な結末〈ベスト・セレクション　心震える赤の巻〉
桃戸ハル編・著　5分後に意外な結末〈ベスト・セレクション　心弾ける橙の巻〉
森　功　高倉健〈隠し続けた七つの顔と「謎の養女」〉
森　功　地面師〈他人の土地を売り飛ばす闇の詐欺集団〉
望月麻衣　京都船岡山アストロロジー
望月麻衣　京都船岡山アストロロジー2〈星と創作のアンサンブル〉
望月麻衣　京都船岡山アストロロジー3〈恋のハウスと檸檬色の憂鬱〉
山田風太郎　甲賀忍法帖〈山田風太郎忍法帖①〉
山田風太郎　伊賀忍法帖〈山田風太郎忍法帖③〉
山田風太郎　忍法八犬伝〈山田風太郎忍法帖④〉
山田風太郎　風来忍法帖〈山田風太郎忍法帖⑪〉

講談社文庫 目録

山本周五郎 戦国物語 信長と家康〈山本周五郎コレクション〉
山本周五郎 幕末物語 失 蝶 記〈山本周五郎コレクション〉
山本周五郎 逃亡記 時代ミステリ傑作選〈山本周五郎コレクション〉
山本周五郎 家族物語 おもかげ抄〈山本周五郎コレクション〉
山本周五郎 繁《しげ》 あ ね〈美しい女たちの物語〉
山本周五郎 雨 あ が る〈映画化作品集〉
柳田理科雄 スター・ウォーズ 空想科学読本
柳田理科雄 MARVEL マーベル空想科学読本
靖子靖史 空《くう》色《しき》カンバス〈瑞《ずい》空《くう》寺《じ》凸《でこ》凹《ぼこ》縁《えん》起《ぎ》〉
安本由佳 山本理沙 不機嫌な婚活
山中伸弥 平尾誠二・惠子 友 情〈平尾誠二と山中伸弥「最後の約束」〉
山手樹一郎 夢介千両みやげ(上)(下)〈完全版〉
山口仲美 すらすら読める枕草子
夢枕 獏 大江戸釣客伝(上)(下)
夢枕 獏 大《お》江《お》戸《え》火《ど》龍《か》改《りゅう》
唯川 恵 雨 心 中
行成 薫 ヒーローの選択
行成 薫 バイバイ・バディ
行成 薫 スパイの妻
行成 薫 さよなら日和
柚月裕子 合理的にあり得ない〈上《かみ》水《づ》流《る》涼《りょう》子《こ》の解明〉
夕木春央 絞《こう》首《しゅ》商《しょう》會《かい》
夕木春央 サーカスから来た執達吏
吉村 昭 私の好きな悪い癖
吉村 昭 吉村昭の平家物語
吉村 昭 暁 の 旅 人
吉村 昭 新装版 白い航跡(上)(下)
吉村 昭 新装版 海も暮れきる
吉村 昭 新装版 間 宮 林 蔵
吉村 昭 新装版 赤 い 人
吉村 昭 新装版 落日の宴(上)(下)
吉村 昭 白 い 遠 景
横尾忠則 言葉を離れる
与那原 恵 わたぶんぶん〈わたしの「料理沖縄物語」〉
米原万里 ロシアは今日も荒れ模様
横山秀夫 半 落 ち
横山秀夫 出口のない海
吉田修一 日曜日たち
吉本隆明 真 贋
吉本隆明 フランシス子へ
横関 大 再 会
横関 大 グッバイ・ヒーロー
横関 大 チェインギャングは忘れない
横関 大 沈黙のエール
横関 大 ルパンの娘
横関 大 ルパンの帰還
横関 大 ホームズの娘
横関 大 ルパンの星
横関 大 スマイルメイカー
横関 大 K 2〈池袋署刑事課 神崎・黒木〉
横関 大 帰ってきたK 2〈池袋署刑事課 神崎・黒木〉
横関 大 炎上チャンピオン
横関 大 ピエロがいる街
横関 大 仮面の君に告ぐ
横関 大 誘拐屋のエチケット
横関 大 ゴースト・ポリス・ストーリー
吉川永青 裏 関 ヶ 原

2023年 9 月15日現在